Paul Katsitis

Mykonos Crime 7

Hass
échthra

AF188952

Paul Katsitis

Mykonos Crime 7
Hass - échthra

Bisher erschienen:
Band 1 „Die Bestie von Mykonos"
Band 2 „Rache"
Band 3 „Tattoo"
Band 4 „Inzest"
Band 5„Der Drei-Sterne-Mord"
Band 6 „Skalpell"

Impressum
Titelbild: Shutterstock
Copyright Paul Katsitis 2019
ISBN 9783749453771

Herstellung und Verlag: BoD -
Books on Demand, Norderstedt

Jeder Band behandelt einen abgeschlossenen Fall, sodass die Bände nicht in der Reihenfolge gelesen werden müssen.
Alle Bücher der Serie wurden in Griechenland gesetzt.
Da griechische Setzer keine deutschen Fehler erkennen können, finden sich in dem Buch sicher mehr Fehler als in einem normalen Buch. Aber so bleiben wenigstens ein paar Euro in Griechenland.

Alexandros Nikakis (früher Galis), 35, war leitender Kommissar auf Mykonos.

Angelos Nikakis, 29, war Hauptkommissar in Thessaloniki.
Nach ihrem Kennenlernen beschlossen beide, den Dienst zu quittieren und auf Mykonos eine Bar zu eröffnen. Zugleich sind sie als Privatdetektive tätig.

1

Der Mann saß in der Zelle und weinte.
Es war kalt und er fror, obwohl es draußen
bestimmt dreißig Grad hatte.
Aber er trug immer noch nur das Shirt, das er
bei der Verhaftung anhatte.
Beim Blick auf das Tablett mit dem
Abendessen ekelte ihm. Altes Brot und welke
Wurst.
Trotz seines Hungers kam essen nicht infrage.

Noch immer verstand er nicht, warum er hier
war. Oder besser: man hatte ihm mitgeteilt,
was ihm vorgeworfen wurde. Aber es war so
absurd, dass er sich keinen Reim darauf
machen konnte. Er hatte nichts von dem
getan.
Am Schlimmsten war, dass er nun alleine war.
Sein Partner, der Mann, den er liebte, hatte
bei der Verhaftung nicht reagiert. Er stand
nur da, wie gelähmt. Ohne irgendetwas zu
sagen.
Sein Mann ließ ihn im Stich.
Er dachte an das letzte Jahr und begann zu
weinen. Es war das schönste Jahr seines
Lebens gewesen. Endlich glücklich.

Die Dämonen der Vergangenheit waren vertrieben.
Und nun saß er hier und stand vor der größten Katastrophe seines Lebens.
Eine Vergewaltigung und ein Mord.
Man hätte lachen können, denn:
heute war ihr Hochzeitstag. Und das konnte kein Zufall sein.
Er hatte nichts getan.
Aber er war allein. Und wer sollte nun seine Unschuld beweisen. Sein Mann wohl nicht.
Das war´s dann wohl.
Er würde sich umbringen.
Sein Name war Angelos Nikakis, Ex-Kommissar aus Saloniki.

2

Angelos mou – mein Engel.

Aber der Engel hatte eine unruhige Nacht.

Alex kannte das bereits. Flashbacks.

Kein Wunder, bei den Traumata, die sein Mann erleiden musste. Bei manchen Einsätzen war Angelos an der Schwelle zum Tod. Und die Vergewaltigung durch drei Männer vor drei Jahren war der Urknall.

Angelos war seelisch am Ende, als Kommissar Alexandros Nikakis, geborener Galis, ihn vor gut einem Jahr kennenlernte. Angelos Nikakis, Hauptkommissar aus Thessaloniki.

Kollegen sozusagen.

Gesehen, verliebt, geheiratet. Und all das in vier Wochen.

Sie hatten beide den Dienst quittiert, um dann auf Mykonos zusammenzuleben.

Eine Bar eröffnen und ein bisschen Privatdetektiv spielen, das war der Plan.

Dann hatte der Bürgermeister die glorreiche Idee, bei schweren Straftaten die Herren Nikakis zu beauftragen, um die Stelle des Kommissars einzusparen.

Die Bedingung, dass gefährliche Situationen von Spezialkräften erledigt werden, war in der Realität nicht umzusetzen.

Den Preis zahlte Angelos, der aber ehrlicherweise diese Situationen genoss.

Der Kick, den er brauchte.

Gut, er ist 29, sechs Jahre jünger als Alex.

Angelos, der Adrenalin-Junkie – Alex, der Kopfmensch.

Aber es funktionierte hervorragend. Sie waren glücklich. Und solche Nächte mit posttraumatischen Belastungsstörungen gehörten für Alex dazu.

Als Ehemann empfand er es als Pflicht, in diesen Nächten sich um Angelos zu kümmern.

„Chalaróste, Angelos mou", flüsterte Alex seinem Traumprinzen ins Ohr.

Beruhige dich, mein Engel.

Angelos – Engel. Und das war er für Alex. Einfach nur schön, perfekter Körper, blitzgescheit. Der Treffer seines Lebens, den er nie würde gehen lassen.

Der Treffer wälzte sich hin und her und der Körper glänzte vor lauter Schweiß. Kein Problem für Alex, denn er liebte den Schweißgeruch seines Mannes. Leichte Pfirsichnote.

Wie immer versuchte es Alex mit kalten Umschlägen. Dann kam ihm eine Idee. Wenn die Vergewaltigung die Ursache war, dann könnte man vielleicht ...

Er drehte Angelos Körper auf den Bauch, packte ihn am Hintern und begann ihn am Rektum zärtlich zu lecken.

Den körperlichen Ursprung des Traumas liebkosen.

Und tatsächlich: Angelos entspannte sich und schrie auch nicht mehr.

Alex lächelte. Wenn das immer funktionieren sollte, würden diese Nächte für Angelos erträglich werden.

Alex freute sich.

In drei Tagen war ihr Hochzeitstag.

3

„Wie hast du geschlafen, Großer?", fragte Alex.

„Gut. Warum?"

Alex lachte.

„Gut? Du hattest einen Flashback. Aber mir ist endlich etwas eingefallen und es hat geholfen." Alex erzählte Angelos, wie er die böse Nacht vertrieben hatte.

Angelos lachte.

„Wirklich? Dann wärst du endgültig mein Held. Sonst bin ich am Tag danach immer vollkommen im Eimer. Wenn das funktioniert, bekommst du den Sonderpreis der Vereinigung der Psychotherapeuten!"

„Nobelpreis bitte. Aber ich lecke nur einen Hintern! Du musst dich also als Testobjekt zur Verfügung stellen!"

Angelos grinste.

„Du weißt doch, dass ich eine exhibitionistische Ader habe. Ich hätte damit kein Problem, auf der Bühne die Hosen herunterzulassen!"

Was stimmte. Sex an absurden Orten war Angelos´ Spezialität. Manchmal wurden sie erwischt. Und landeten vor Gericht.

Ihr Glück war, dass Richter Mantzaris sie mochte, und das Recht so lange bog, bis es krachte – und sie jedes Mal freisprach.
Nur Alex saß immer mit rotem Kopf im Gerichtssaal. Die anerzogene Scham brach durch.

Doch die Ruhe wurde noch vor dem dritten Espresso gestört. Handy. Es war Maria. Da die beiden Kommissare nicht mit dem neuen Leiter der Polizei, Jonas, sprachen, war Maria im Revier ihre Kontaktperson.
„Wir haben eine Leiche. In Panormos. Aber Vorwarnung: Jonas ist schon unterwegs!"
„Na bravo. Dann wird wieder der ganze Tatort verunreinigt. Kann dem nicht mal jemand sagen, dass man einen Schutzanzug und Handschuhe trägt! Ich wette, er steht wieder in Jeans und Schlappen neben der Leiche", brummte Alex.
„Hoffnungslos" antwortete Maria.

4

Es war Mittag, als die beiden Ermittler am Nordstrand in Panormos ankamen. Zweifellos der schönste Strand der ganzen Insel, mit einer fantastischen Aussicht.
Wenn da nicht gerade eine Leiche liegt.
Gott sei Dank lag sie abseits des Haupt-strandes in den Dünen. So gab es wenigstens keinen Massenauflauf. Und erstaunlicher-weise hatte Jonas den Tatort sogar abgesperrt. Aber natürlich stand er in Jeans und Espadrilles neben dem Toten.
Als er Angelos und Alex kommen sah, ging er in die andere Richtung davon. Man sprach nicht miteinander.
„Ah, die lauwarme Kripo ist endlich da!",
sagte Jonas.
Alex wollte schon losstürmen, aber Angelos hielt ihn am Hosenbund fest.
„Er ist es nicht wert!"
„Seit wann spricht der Idiot mit uns? Und hast du das dreckige Lachen gesehen?"
Alex schnaubte.
„Chalaróste, mein Vulkan!" Beruhige Dich, was Alex dann auch tat. Sonst eher der Kopfmensch von den beiden, flogen beim

Anblick von Jonas bei Alex alle Sicherungen aus dem Kasten. Kaum zu glauben, dass beide einmal in einem Büro gearbeitet hatten. Als Alex noch leitender Kommissar auf Mykonos war. Aber schon damals war klar, dass Jonas den IQ eines Badeschlappens besaß. Selbst zum Verkehr regeln war er nicht imstande.

„Wollen wir uns um die Leiche kümmern?", fragte Angelos grinsend.

„Kehle durchtrennt, Täter Rechtshänder, sonst sehe ich nichts", sagte Angelos.

„Woran siehst du, dass der Täter Rechtshänder ist?", fragte Alex.

„Ganz einfach. Der höchste Schnittpunkt zeigt immer, ob Rechts- oder Linkshänder!" Als Großstadtpolizist hatte Angelos schlicht mehr Erfahrung als Alex.

„Linkshänder wäre mir lieber!"

Klar. Das schränkt den Täterkreis viel weiter ein.

Es war heiß an diesem Tag und die ausgetretenen Körperflüssigkeiten machten sich bemerkbar. Zur Grundausstattung für einen Tatort umfassten daher immer Nasenklammern. Hilft auch gegen die Übelkeit.

Diese Leiche war aber – abgesehen von der

riesigen Blutlache – relativ ansehnlich. Da hatten sie schon andere.

Von der jungen Frau in der Autopresse war damals nicht viel übriggeblieben. Und auch verkohlte Opfer waren keine Augenweide.

„Also, Herr Nikakis senior. Ran ans Werk!"

„Senior. Pfft. Wegen der sechs Jahre", brummte Alex und verfluchte sich, dass er darauf immer noch anspringt!

Angelos grinste nur.

„S´agapo!" Ich liebe dich.

5

„Tja, das ist wohl Petros Sorbas, Sohn eines Kellners aus Ano Mera. Seit zwei Tagen als vermisst gemeldet. Das Foto kommt ungefähr hin. Schau!", sagte Angelos.

Alex nickte.

„Also brauchen wir einen Krankenwagen."

Sie bestellten nie den Leichenwagen, denn kein Urlauber möchte einen Leichenwagen in Strandnähe sehen. Schon gar nicht auf dem Strand.

„Und dann mit dem Hubschrauber zu Eftaxias nach Athen!", sagte Alex.

Auf Mykonos gab es momentan keinen Pathologen mehr. Bisher fungierte der Chefarzt der örtlichen Klinik als Quasi-Leichenschänder. Doch den hatte Alex erschossen. Dr. Dimitriadis war ein Mörder. Leider musste man daher Leichen auswärts untersuchen lassen. Nicht ganz billig, denn man benötigte einen Hubschrauber. Mit dem Schiff würde es zu lange dauern und die Leiche würde auch unvorteilhaft mutieren.

„Bist du dir sicher?", fragte Alex.

„Willst du die Eltern noch zwei Tage im Unklaren lassen?", lautete Angelos´ Gegenfrage.

„Tattoo rechter Unterarm. Stimmt. Machen wir ein Foto und zeigen es der Mutter", sagte Alex.

„Oh Himmel, Alex. Wenn dann höchstens dem Vater. Die Nachricht allein wird schon schlimm genug für die Mutter. Sie muss ihren Sohn nicht auch noch mit durchschnittener Kehle sehen."

„Du hast recht", sagte Alex.

„Du bist doch bei mir auch sensibel und rücksichtsvoll. Aber bei anderen …", gab Angelos zurück.

„Anderen lecke ich auch nicht den Hintern!" Angelos lachte.

„Aha. Das macht also sensibel?"

„Oh Gott!"

Das war die einzige Reaktion des Vaters. Die meisten auf der Insel wussten, dass Alex und Angelos nur bei schweren Kriminalfällen ermitteln.

Allein der Anblick genügte.

„Ist er …?" Angelos nickte nur.

„Dürfen wir Ihnen ein Foto zeigen? Nur zur Bestätigung."

Vater Sorbas nickte.

Stoisch blickte er auf das Foto.

„Er ist es. Mein einziger Sohn. Wie soll ich das Anna beibringen?"

Er ließ die Arme hängen.

„Es tut mir leid, dass wir Ihnen einige Fragen stellen müssen", sagte Alex.

Angelos verdrehte die Augen.

„Aber das reicht auch morgen!"

„Oh, du Trampel!", sagte Angelos, als sie wieder im Auto saßen.

„Der Trampel hat daran gedacht, dass wir morgen keine Zeit haben. Es ist unser Hochzeitstag und da will ich nicht über Leichen reden!"

„In Ordnung", sagte Angelos und legte seine Hand auf Alex´ Knie.

„Äh …"

„Das gibt´s doch nicht. Von meiner Hand auf dem Knie bekommst du eine Erektion? Nach einem Jahr immer noch?"

Angelos lachte.

„Wäre es dir anders lieber?", brummte Alex.

„Gott bewahre. Aber das zeigt: ich muss wirklich schön sein!"

Alex prustete los. Angelos´ Selbstlob brachte ihn immer zum Lachen. Er wusste ja, dass seine Arroganz keine war. Dafür war er zu sensibel. Es war mehr ein Running Gag zwischen den beiden.

Und ja, er war schön. Nicht nur durch die Brille des Liebenden gesehen.

Sonst wäre nicht halb Mykonos in Angelos verschossen, egal ob gay oder Frau.

Aber Angelos hatte recht. Insgeheim war Alex stolz.

Und Angelos hatte ihn noch nie betrogen. Dessen war er sich sicher.

Bis zum nächsten Tag.

6

Hochzeitstag.
Vor vier Wochen hatten sie ihren „Kennenlerntag" gefeiert und es war schnell gegangen vor einem Jahr. Beide sich absolut sicher, den Richtigen fürs Leben gefunden zu haben, hatten sie sofort geheiratet.
Noch immer musste sich Alex zwicken, um zu begreifen, eine solche Schönheit erobert zu haben. Dass ihm seine Eifersucht schwer zu schaffen machte, konnte er da noch nicht ahnen. Der Preis für einen schönen Ehemann.

„Herrje, warum bin ich nach einem Sexmarathon am nächsten Tag immer platt, während du topfit bist. Ich verstehe es nicht!", klagte Alex.
„Also gestern lag es daran, dass du die Arbeit praktisch alleine gemacht hast. Zwischendurch dachte ich, dass ich so sterben möchte." Angelos stand auf, stellte sich hinter Alex und tat das, was Alex mit am meisten liebte: Er knabberte ihn am Ohr.
„Alles Gute zum Hochzeitstag, mein Traumprinz!", flüsterte Angelos Alex ins Ohr.

Es klingelte an der Türe. Alex öffnete.

Da standen Jonas und zwei Polizisten aus Naxos.

Jonas grinste breit.

„Guten Morgen, Herr Nikakis!"

„Was willst du denn hier!", raunzte Alex.

„Ich bin hier wegen deinem Ehemann", sagte Jonas.

„Ich glaube nicht, dass er mit dir sprechen will!"

Jonas lachte.

„Es wird ihm nichts anderes übrigbleiben. Ich habe einen Haftbefehl gegen ihn!"

Er hatte noch nicht ausgesprochen, da stürzte sich Alex auf den Polizeichef, wurde aber von den Polizisten aus Naxos zurückgehalten.

„Du elender Feigling. Verstärkung aus Naxos geholt, weil keiner der anderen mitgemacht hat, oder?"

„Das spielt keine Rolle. Wo ist er?"

„Er ist in der Küche. Aber was es auch ist, du wirst dafür bezahlen. Das schwöre ich dir!"

Noch immer lächelte Jonas.

Er ging mit den Polizisten in die Küche.

Angelos saß noch am Tisch.

„Angelos Nikakis. Ich habe einen Haftbefehl gegen Sie. Der Vorwurf lautet auf Vergewaltigung und Mord!"

Angelos reagierte überhaupt nicht.

„Bist du jetzt ganz übergeschnappt? Angelos soll jemand ermordet haben?", brüllte Alex.

„Ja. Er hat Petros Sorbas getötet!"

Der Tote von Panormos. Angelos kannte ihn gar nicht.

„Aha. Und welche Beweise hast du Super-Kommissar?"

„Das Spotten wird dir noch vergehen, Alex. DNA am Körper. Und: DNA im Rektum des Opfers. Dein Mann hat den Kleinen vergewaltigt und ihm dann die Kehle durchgeschnitten."

Alex bekam eine Gänsehaut. Es war absurd.

„Ich kannte Petros gar nicht", sagte Angelos leicht in Panik.

„Das ist bei Vergewaltigungen oft so. Aber Sie haben ihn definitiv gevögelt, sonst wäre dort kein Sperma. Das fliegt ja nicht einfach rein!"

Es bereitete Jonas sichtlich Vergnügen.

„Wer hat den DNA-Vergleich gemacht?"

„Die Pathologie in Athen. Eftaxias. Und da dein Mann Polizist war, ist seine DNA gespeichert. Treffer, versenkt. Ich habe gehört, ihr habt heute Hochzeitstag. Nun, die nächsten 24 könnt ihr im Gefängnis feiern!"

Da brannten bei Alex alle Sicherungen durch. Nur mit Mühe konnten Angelos und die zwei Polizisten Alex bändigen.

„Dafür bringe ich dich um!", sagte Alex.

„So wie Dimitriadis?", antwortete Jonas.

Alex setzte sich an den Tisch und war wie gelähmt.

„Genug jetzt. Handschellen anlegen!"

Die beiden Polizisten aus Naxos packten Angelos und führten ihn hinaus.

„Voithíste me!", rief Angelos. Hilf mir.

„Ich habe nichts getan!"

Doch Alex war zu keiner Reaktion fähig. Er holte wie in Trance die Zigarettenschachtel aus der Schublade, die nur bei Katastrophen zum Einsatz kam.

Zitternd zündete er sich eine an – und hustete.

Mord. Vergewaltigung.

Die DNA am Körper oder der Kleidung sagt gar nichts. Aber die DNA im Darm? Alex überlegte und überlegte. Ihm fiel keine andere Möglichkeit ein, wie Angelos´ Sperma dorthin gelangt sein könnte.

Was hieß: sein Mann hatte ihn betrogen.

Mit einem Kind!
Er war vollkommen gelähmt. Alles brach zusammen. Wäre es nur der Mord – damit käme er zurecht. Aber das Fremdgehen und der damit einhergehende Treuebruch zogen Alex den Boden unter den Füßen weg.
Was sollte er tun?
Den Sex mit einem anderen könnte er Angelos nicht verzeihen. Es passte zwar überhaupt nicht in sein Bild von Angelos, aber die DNA lügt nicht!"

7

Richter Mantzaris saß an seinem Schreibtisch und war aschfahl.

„Es tut mir leid, Angelos. Die Beweise sind zu stichhaltig. Deswegen musste ich Haftbefehl erlassen. Aber ich kann es nicht glauben. Wenn das stimmt, dann besitze ich keinerlei Menschenkenntnis und bin für das Richteramt ungeeignet!"

Angelos saß da und blickte wie durch einen Schleier. Es war alles so unwirklich.

„Aber du hast Alex. Er wird dir helfen!"

Angelos schüttelte den Kopf.

„Nein. Er hat nichts gesagt. Und sein Gesicht sprach Bände!"

Richter Mantzaris sagte nichts. Wie Alex konnte er keine andere Erklärung finden, als das Angelos schuldig wäre.

„Darf ich wenigstens das Handy behalten?"

Das verstieß zwar gegen jede Regel, aber Mantzaris hatte Mitleid. Er hatte schon einige Mörder gesehen.

Der hier war keiner. Aber jedes Gericht würde ihn verurteilen.

Die Zellentür schloss sich hinter Angelos. Er wusste nicht, was ihn schlimmer traf.

Der Vorwurf des Mordes und der Vergewaltigung oder die Tatsache, dass Alex
überhaupt nicht reagierte.

Angelos kannte seinen Mann. Den Mord
hätte er irgendwie akzeptieren können.
Nicht aber den Treuebruch. Den er aber
nicht begangen hatte.

Ich war noch nie untreu. Nicht mal in Gedanken. Wie kann er nur glauben, dass …

Die DNA. Es gab nur EINE Erklärung: Ich war
der Täter. So sieht es jeder – auch Alex.

Und – Angelos war ehrlich zu sich selber:
auch er hätte bei dieser Beweislage keine
Zweifel an der Schuld. Zwar war das Motiv
unklar, aber da würde man etwas
konstruieren. Und die Gelegenheit? Zur
Tatzeit war er Zuhause und hatte geschlafen
– Alex allerdings auch.

Also auch kein Alibi.

Ich bin am Ende. Das war ich schon einmal –
vor drei Jahren, Aber da war ich frei. Jetzt
liegen 20 Jahre Haft vor mir, wenn nicht
mehr.

Angelos griff zu seinem Handy und schrieb
Alex: „Hilf mir. Bitte!"

Aber es kam keine Antwort.

8

Richter Mantzaris entschloss sich, noch einmal mit Angelos zu sprechen.

Der saß aufrecht auf der Pritsche und starrte nur geradeaus.

Es war als wäre jedes Leben aus ihm gewichen. Erloschen.

Da ist nichts mehr, was an den selbstbewussten Angelos erinnerte, dachte Mantzaris. Nun, in der Situation wüsste ich auch nicht weiter.

„Wir haben heute Hochzeitstag", sagte Angelos leise.

Oh Gott, das Leben kann grausam sein, dachte der Richter.

„Angelos, ich frage dich das nur einmal und zwar als dein und euer Freund: Hast du mit der Sache etwas zu tun?"

„Nein. Ich verstehe überhaupt nichts. Ich habe mit dem Jungen nichts zu tun. Außer dass ich die Leiche gesehen habe. Und die habe ich nur mit Handschuhen berührt. Es kann keine DNA an ihm sein. Schon gar nicht – du weißt schon. Ich war Alex noch nie untreu. Nie."

„Ok. Hast du irgendeine andere Erklärung für die DNA?"

„Nein. Eben nicht. Ich habe keine Erklärung. Aber das ist nicht das Schlimmste."

„Du glaubst, Alex lässt dich im Stich", sagte Mantzaris. Angelos begann zu weinen.

„Ja. Wie kann er nur glauben ..." Der Rest ging in Schluchzen unter.

„Woher weißt du, dass er es glaubt?"

„Er hat überhaupt nicht reagiert. Und auf meine SMS kommt keine Antwort!"

„Angelos, er muss das auch erst im Kopf sortieren. Es ist für ihn ein doppelter Schock!"

„Es ist bestimmt nicht der Mord, sondern der Sex mit einem anderen Mann, der ihn beschäftigt. Er muss doch so viel Vertrauen in mich haben, dass er weiß, dass ich niemals ...", sagte Angelos.

„Bitte richte nicht über ihn. Gib ihm Zeit, darüber nachzudenken. Ich glaube fest daran, dass er letztlich zu dir hält. Er liebt dich. Und du hast sonst niemand!"

„Was mich jetzt sehr aufbaut!" Angelos lächelte und weinte zugleich.

„Wenn an der Sache etwas faul ist, gibt es nur einen, der es herausfindet: Alex!" Angelos nickte.

„Und wenn der nicht will?"

9

Bei Alex zuhause quoll der Aschenbecher über. Sein Hirn brachte keine Erklärung für die Ereignisse zustande. In der Nacht war Angelos hier, zumindest glaubte Alex dies. Er selbst hat ja geschlafen. Theoretisch …
Aber wo und wie sollte er diesen jungen Mann kennen gelernt haben? Und eine Vergewaltigung? Angelos war selbst einmal Opfer. Zudem hatten sie täglich Sex.
War er ein Psychopath, der sich ein Jahr lang verstellt hatte?
Selbst wenn ich beschließe, ihm zu glauben, wo sollte ich anfangen? Ich habe keinerlei Ansatzpunkt. Keine Erklärung. Außer man hat das DNA-Ergebnis bewusst gefälscht. Da müsste Eftaxias in Athen beteiligt sein. Aber warum? Angelos hatte mit dem Pathologen nie etwas zu tun.
Herrgott. Mein Leben liegt in Trümmern. Denn ohne Angelos kann ich nicht. Will ich nicht.
Aber eines wusste Alex: sollte sich Angelos´ Unschuld herausstellen, würde er Jonas töten. Allein für die Art und Weise …
Der war zwar Polizist, aber eine Schande für seinen Berufsstand.

Alex hatte Bauchschmerzen. Er hatte heute noch nichts gegessen. Wie auch.
Er stand auf und mit wackligen Beinen ging er die Treppe hoch und dann ins Schlafzimmer. Er roch an Angelos´ Hemd und vernahm den gewohnten Pfirsichgeruch.
Nein. Ich kann ihn nicht im Stich lassen.
Ich bin sein Mann. Wer sonst sollte ihm helfen? Da war sonst niemand!
Er ging wieder hinunter und griff zu seinem Handy. SMS.
„Ich helfe dir. Und ich liebe dich."

Fünf Kilometer entfernt griff Angelos ängstlich zu seinem Handy. Als er den Text gelesen hatte, fing er an zu weinen. Der erste Lichtblick an diesem Horrortag.

10

„Ich kann ihn nicht freilassen", sagte Mantzaris.

„Herrgott, er war Kommissar, ich war Kommissar. Zählt das gar nichts? Du kennst uns beide."

Mantzaris sagte zunächst nichts.

„Aber zunächst bin ich froh, dass du da bist. Du darfst ihn jetzt nicht alleine lassen. Die Sache stinkt. Ich weiß nur nicht, wie …"

„Wie sein Sperma da rein … Ich weiß, ich finde auch keine Erklärung. Aber hier kann ich ihn nicht lassen. Wir sind nur als Team gut. Wir müssen zu zweit sein, um Licht ins Dunkel zu bringen."

„Alex, lasse ich ihn frei, kommt Jonas mit einer Beschwerde, zu recht. Außer …"

„Was außer?", fragte Alex hoffnungsfroh.

„Ein Formfehler. Irgendwas in dem Bericht oder bei der Untersuchung. Lass mich schauen. Und du gehst jetzt in den Keller. Er ist dein Mann, zum Teufel!"

„Zunächst müssen wir ihn vor sich selbst schützen. Ich hoffe, du hast ihm Gürtel und Handy abgenommen", sagte Alex.

Am Gesicht Mantzaris´ sah er, dass er dane-
benlag.

„Das Handy habe ich ihm gelassen. Oh
Gott!"

„Samt dem Kabel?", schrie Alex. Mantzaris
nickte.

Alex rannte mit zitternden Knien hinunter zu
den Zellen. Dort zog Angelos gerade die
Schlinge zu. er hatte das Kabel am Pfosten
des oberen Stockbettes befestigt.

„Geh weg, Alex. Das ist alleine meine
Angelegenheit!"

„Von wegen. Du machst mich zum Witwer.
Lass den Scheiß!"

„Du glaubst mir eh nicht", sagte Angelos
leise.

„Das spielt keine Rolle. Ich lasse dich nicht
alleine. Komm her!", befahl Alex. Dann nahm
er Angelos in den Arm. Der klammerte sich
an Alex, als würde er ihn erdrücken wollen.
Und schluchzte.

„Ich dachte schon …"

„Ganz ruhig" sagte Alex und streichelte
Angelos den Kopf.

„Synchoréste me" – Verzeih´ mir.

„Ich war wie gelähmt und konnte nicht reagieren. Ich finde nur keine Erklärung für all das. Ich will es einfach nicht glauben!"

„Getroffen hat dich nicht der Vorwurf des Mordes, sondern …"

„ …, dass du mit einem anderen Mann geschlafen hast", ergänzte Alex.

„Aber das habe ich nicht. Ich schaue keinen anderen an. Und schon gar kein Kind. Das war er doch noch mit seinen 18 oder 19 Jahren. Und ich als Vergewaltiger? Ein Opfer als Täter?"

„Und woher kommt die DNA oder besser: das Sperma?", fragte Alex.

„ICH WEISS ES NICHT" Angelos wurde laut. „Von mir jedenfalls nicht!"

„Von mir auch nicht", sagte Alex lächelnd, „obwohl ich davon reichlich abbekam!"

Jetzt musste auch Angelos lächeln.

Zehn Minuten später saßen Angelos und Alex oben bei Richter Mantzaris.

„Ich habe etwas. In dem Bericht steht, dass auch Jonas´ DNA am Körper gefunden wurde. Was nicht heißt, dass er der Mörder ist. Dafür ist er schlicht zu blöd. Aber es bedeutet, dass er die Leiche ohne Handschuhe berührt hat. Ein schwerer Fehler bei der Sicherung eines Tatortes!"

Alex grinste. Immer wieder hatte er es Jonas eingeschärft. Handschuhe und Schutzanzug. Vollidiot.

„Aber macht euch nichts vor. Die DNA im Darm bleibt ein Fakt. Außer man sagt, du hast ihn zwar vergewaltigt, aber nicht getötet."

„Ich habe weder das eine, noch das andere getan", sagte Angelos laut.

„Beruhige dich, bitte. Aufregung nutzt uns jetzt gar nichts", antwortete der Richter.

„Ich lasse dich frei. Pass wird eingezogen und du bekommst eine Fußfessel mit Hausarrest. Mehr kann ich nicht tun. Sonst kommt die Beschwerde garantiert durch. So bist du wenigstens zuhause."

Angelos wollte protestieren, doch Alex bremste ihn.

„Klappe, Großer!"

Das war mehr als entgegenkommend, angesichts der Fakten.

„Aber garantieren kann ich für nichts", sagte Mantzaris.

„Was mich aber stutzig macht: die DNA-Übereinstimmung beträgt nur 97%. Sie müsste doch bei 100% liegen? Ich bin kein Experte, aber der Wert ist ungewöhnlich. Ich kenne nur 100% und dann 70% abwärts bei Brüdern. Seltsam!"

Angelos stöhnte auf.

„Nein. Es ist ein ganz normaler Wert: bei Zwillingen."

Pause.

„Und ich habe einen Zwilling", sagte Angelos. Alex erstarrte.

Ein zweiter Angelos? Noch eine Überraschung heute?

„Das Problem ist: er ist tot!"

12

Aris klatschte in die Hände.
Es hatte funktioniert. Das arrogante, schwule Arschloch sitzt im Gefängnis. Und das war, was Aris zu erreichen suchte.
Am meisten traf das Ganze aber Alex, das wusste er. Denn der war Angelos´ Hündchen. Ihm blind ergeben.
Tja, nun wäre es vorbei damit.
Das Leben beider zerstört. So wollte er es.
Und der Plan war genial. Die Durchführung zugegebenermaßen aufwändig und teuer.
Aber es hatte sich gelohnt.
Schade, dass er nicht live dabei war. Aber Jonas hatte ihm alles erzählt. Aus der Nummer kämen die Herren Nikakis nicht heraus.
Der eine zwanzig Jahre im Gefängnis und der andere? Wird sich wohl erschießen. Gerechtigkeit.
Denn Aris war der Racheengel. Die zwei Kommissare waren schuld am Tod seines Vaters.
Und der Grund für seine, Aris´ Schwierigkeiten. Er musste kämpfen und hatte es geschafft. Beharrlichkeit,

Einfallsreichtum und ein bisschen Hilfe hatten ihn zum Ziel geführt.

Krepieren sollten die beiden. Und Angelos würde im Knast sicher der Liebling aller werden. Gutaussehend und Bulle. Die Kombination ergibt den sicheren Tod in kürzester Zeit.

Er soll leiden. Und der Alte noch viel mehr.

Aris hatte zwar einen zweiten Plan, aber den würde er nun nicht mehr brauchen, aber parat halten.

Man weiß ja nie.

Aber es war ein Tag der Freude.

Und sein Vater wäre unglaublich stolz auf ihn.

13

„Und welche Überraschung hast du noch parat für mich?", fragte Alex, als sie zuhause ankamen.

„Alex, das ist nicht fair. Ich habe nicht gelogen. Du hast mich einmal nach meiner Familie gefragt und ich sagte, meine Eltern sind tot. Dass ich einen Bruder hatte, der gestorben war, schien mir nicht wichtig. Ich habe keine Familie. Meine Familie bist allein du!", antwortete Angelos.

Bei solchen Sätzen schmilzt jeder Groll dahin.

„Er war ein schlechter Mensch", ergänzte Angelos. „Oder besser ist, denn er muss noch leben!"

„Komm, Großer. Ich muss die Geschichte hören, denn ich soll ihn ja auftreiben!" Angelos seufzte.

„Loukas. Er heißt Loukas. Wir waren – sind – Zwillinge. An die ersten Jahre kann ich mich nicht erinnern. Alles ging los mit der Schule. Ich war von Anfang an gut, ihm war die Schule lästig. Durch meine guten Noten wurde ich zu Mamas Liebling. Loukas hingegen fühlte sich zurückgesetzt, wohl zu recht, wenn ich es rückschauend betrachte.

Jedenfalls wurde es in der Pubertät richtig schlimm. Er ging nur noch selten zur Schule, fing mit Drogen an und seine Freunde waren richtige Straßenköter. Ich ging gerne zur Schule, war gut im Sport und: mir liefen die Mädchen hinterher."

Angelos lachte.

„Aber interessiert haben sie mich nicht. Warum, das wissen wir ja heute!"

„Nie eine Frau gehabt?"

Angelos schüttelte den Kopf.

„Null Reiz. Bis heute!"

„Es folgten die ersten Besuche der Polizei bei uns zuhause. Kleinere Einbrüche. Loukas schmierte vollkommen ab. Er schmiss die Schule. Dann habe ich einen der größten Fehler meines Lebens begangen. Warum, weiß ich bis heute nicht. Ich habe ihm erzählt, dass ich wahrscheinlich schwul sei. Ich hätte wissen sollen, was passiert. Zuerst prügelte er mich windelweich. Am nächsten Tag passten er und zwei Freunde mich auf dem Heimweg von der Schule ab. Sie packten mich, banden mich an einen Baum und zogen mir die Hosen runter. Dann schmierten sie mir die Weichteile mit Honig ein. Neben dem Baum gab es einen Ameisenhaufen!"

Angelos schluckte.

„Du machst dir keine Vorstellung, wie Ameisen beißen können. Es war die Hölle und alles war geschwollen."

Alex starrte Angelos an.

„Wie konnte …"

„Aus mir doch noch ein relativ passabler Mensch werden? Das wurde ich erst durch dich. Ich habe am ersten Tag gedacht: Der beschützt mich. Und ich habe mich ja auch nicht getäuscht."

Pause.

„Hoffentlich schaffst du es auch diesmal!"

„Ich tue alles, was ich kann", sagte Alex. Kein Wunder, dass die Nächte für Angelos schlimm sind. Die Vergewaltigung kommt ja noch oben drauf!

„Also weiter mit Loukas. Eine Nachbarin hat meine Schreie gehört und mich losgebunden. Zuhause bekam aber nicht er die Prügel, sondern erneut ich. Ich sei eine Schande für die Familie und pervers. Auch meine Mutter wand sich ab. Bis zu ihrem Tod hat sie es nicht akzeptieren können!"

Angelos schluckte.

„Großer, ich weiß, es ist nicht leicht. Aber ich muss alles wissen, wenn ich ihn finden soll", sagte Alex.

„Natürlich. Ich ging zur Polizei und machte schnell Karriere. Wurde Kommissar. Loukas hingegen fand nie dauerhaft Arbeit. Er hielt es nirgendwo länger als ein Jahr aus. Er wurde kriminell. Drogen, Glücksspiel und Alkohol. Wanderte zum ersten Mal ins Gefängnis und dort schmierte er endgültig ab. Machte die Bekanntschaften aus Salonikis Unterwelt. Kaum draußen begann er als Geldeintreiber und Schläger. An einem Abend bekamen wir einen Tipp, dass im Hafen eine größere Menge Koks angeliefert wird. Ich leitete die Razzia. Du kannst dir vorstellen, was passiert ist. Als wir zuschlugen, war unter den Tätern Loukas. Er schrie und schimpfte. Und sagte, dass er mich umbringen würde."

Pause.

„Ich empfand bei der Festnahme gar nichts. Er existierte schon damals nicht mehr für mich. Er wurde zu fünf Jahren verurteilt, aber auf dem Transport zum Gefängnis gelang ihm die Flucht. Und mich verdächtigte man, geholfen zu haben. Absurd. Aber er war weg. Die Fahndung brachte nichts. Und mir war es nicht wichtig. Bis dann die Nachricht kam – es war vier Jahre später – er sei beim Absturz eines Kleinflugzeugs in Thailand verstorben. Die Leiche war zwar verbrannt, aber man fand Papiere, natürlich falsch, aber auf den Fotos war zu erkennen, dass er es war. Meine Eltern waren tot, also habe ich die Beerdigung organisiert und bezahlt."

„Ich hätte ihn in Thailand verscharren lassen!", sagte Alex.

„Es hatte keine Bedeutung für mich. Aber es war wohl ein Fehler, die Leiche nicht näher zu untersuchen. Ich war letztlich sogar froh. Zu groß war mein Hass. Und dann das ganze Getuschel im Büro. Der Bruder ein Krimineller – nicht gerade förderlich als Kommissar. Das war die ganze Geschichte."

„Wir haben also praktisch nichts, wo wir ansetzen können, außer der Leiche. Aber das wird wohl jemand anders sein."

14

Sie hatten sich ihren Hochzeitstag anders vorgestellt. Hoffentlich kommen wir überhaupt dazu, ihn nachzufeiern, dachte Alex, als sie endlich im Bett lagen.

Nach dem schlimmsten Tag seines Lebens. Es herrschte Stille oder besser Fassungslosigkeit angesichts des Abgrunds, der sich auftat.

„Können wir bitte miteinander schlafen?", fragte Angelos. Alex sah ihn konsterniert an.

„Das ist das erste Mal, dass du diese Frage stellst. Warum?"

„Weil ich nicht weiß, ob du willst. Ob du mir glaubst. Diesen Körper hat keiner berührt, außer dir. Ich schwöre es!"

Der Blick. Es war dieser Blick, der Alex sagte, dass Angelos die Wahrheit sagte. Auch wenn es nicht zu den Fakten passte.

„Komm her, Angelos mou!", sagte Alex.

„Vielleicht ist es auch das letzte Mal. Niemand weiß, was morgen passiert", meinte Angelos mit trauriger Stimme.

„Doch. Ich weiß es. Sollte Jonas vor der Türe stehen, schieße ich ihn über den Haufen. Dann haben wir zehn Minuten, um zu Janis in den Hafen zu fahren. Dort steht ein Motorboot für uns bereit. Ich lasse es nicht zu, dass du zerstört wirst."

Angelos war vollkommen überrascht.

„Du hast dir einen Fluchtplan ausgedacht?"

Alex grinste.

„Und alles mit Janis besprochen. Er ist loyal. Und ein bisschen Geld hat bestimmt auch geholfen."

Zum ersten Mal hörte Alex Angelos stottern.

„Du würdest mit mir fliehen? Du könntest nie mehr zurück. Würdest alles verlieren!"

„Nein. Nicht alles. Ich hätte noch immer dich. Mehr brauche ich nicht. Aber ich verspreche dir, dass ich alles geben werde, um den Fall ‚Mein Ehemann' zu lösen. Und Gnade dem, der dahintersteckt!"

Angelos kamen tatsächlich die Tränen.

„Ich will ehrlich sein. Einen Moment lang dachte ich, du lässt mich alleine!"

„Ich will auch ehrlich sein. Ich habe einige Stunden gebraucht, um eine Entscheidung zu treffen. Zu groß war der Schock, um sofort reagieren zu können. Aber die Vorstellung, dass ..."

„ ... mein bestes Stück in einem anderen Mann steckt, war zu viel. Aber es war nicht so. Du kannst ihn also weiterhin in den Mund nehmen – jemand anderes war nicht dran und wird auch nie!"

„Verzeih´ mir!", sagte Alex.

„Da gibt es nichts zu verzeihen. Du bist da und du bleibst da. Nur das zählt", antwortete Angelos.

„Können wir dann jetzt zum Sex kommen?", fragte Alex.

„Mit größtem Vergnügen, alles reserviert für dich", sagte Angelos. „Und zwar ausschließlich!"

15

„Wie soll ich denn eine Exhumierung in Thessaloniki anordnen? Das liegt nicht in meinem Zuständigkeitsgebiet", sagte Richter Mantzaris.

„Komm, Richter, da fällt dir doch bestimmt was ein!" Die seltsame Anrede rührte daher, dass der Richter ebenfalls Alexandros hieß. Also einigte man sich auf das „Du" in Kombination mit „Richter".

„Hm. Wir könnten sagen, dass an der Leiche DNA von Loukas gefunden wurde. Um Angelos aus der Schusslinie zu bringen, könnten wir sagen, dass wir in der Nähe Papiere mit Loukas´ Foto gefunden haben. Das könnte reichen. Außer der Kollege in Thessaloniki ist ein Korinthenkacker."

„Super. Ich habe noch eine andere Bitte. Wenn die Beschwerde Erfolg hat und Angelos wieder ins Gefängnis muss, dann zieh das Ganze bitte 24 Stunden hinaus, damit ich rechtzeitig wieder hier bin."

„Beruhige dich. Das wird nicht passieren. Ich habe mit Naxos gesprochen. Der Kollege wartet auf jeden Fall das Ergebnis deiner Recherchen ab!"

Alex fiel ein Stein vom Herz. Angelos verhaftet und er selber in Thessaloniki – eine albtraumhafte Vorstellung.

„Ich könnte dich küssen, Richter!"
Mantzaris lachte.

„Da küss mal lieber deinen Mann. Aber mach dir nichts vor. Selbst wenn Loukas nicht in dem Sarg liegt, bist du ihm noch keinen Meter nähergekommen. Und unter 600.000 Einwohnern einen bestimmten zu finden, wird nicht leicht. Wenn er überhaupt noch in der Stadt ist und nicht in Thailand."

„Danke, dass du mir so viel Mut machst", sagte Alex.

Der Richter lachte.

„Du schaffst das schon. Blöd, dass ihr nicht zu zweit sein könnt. Angelos mit seinem Heimvorteil hätte dir sehr helfen können. Aber mehr als der Hausarrest war nicht drin. Und da habe ich mich schon sehr weit aus dem Fenster gelehnt."

„Ich weiß. Unten in der Zelle wäre er eingegangen. Wenn nicht noch Schlimmeres passiert wäre."

16

„Du willst alleine nach Thessaloniki und dort nach Loukas suchen? Wie oft warst du schon in The ..."

„Noch nie. Und? Ich bin Kommissar und kein Streifenpolizist", antwortete Alex.

„Bitte entschuldige. Natürlich bist du ein sehr guter Kommissar, aber ..."

„Ich kenne mich nicht aus. Richtig. Deswegen brauche ich die Hilfe deiner ehemaligen Kollegen. Irgendjemand, der zu mir passt und dem du vertraust", sagte Alex.

„Giorgos", sagte Angelos wie aus der Pistole geschossen. Alex hielt den Kopf schief. Angelos lachte.

„Keine Sorge. Hetero. Aber wir waren eng befreundet. Und er kennt Loukas und war vor allem bei der Razzia dabei. Ich rufe ihn an."

Doch zuvor rief Richter Mantzaris an. Die Exhumierung war genehmigt.

„Ohne unseren Richter wären wir aufge-schmissen. Hoffentlich geht der nie in Rente", meinte Alex erleichtert.

„Kommst du zurecht hier? 24 Stunden alleine hier? Es wird einige Tage dauern, bis ich ihn finde. Wenn ich ihn finde."

„Ich war vor dir auch alleine. Ich bin es zwar nicht mehr gewohnt, aber immer noch besser als in der Zelle. Aber wenn du jeden Tag anrufst, hilft mir das bestimmt."

„Passieren kann nichts. Hat mir Mantzaris versprochen. Dennoch: halt die Waffe in der Nähe. Nicht, dass jemand in meiner Abwesenheit …"

Angelos lächelte.

„Du vergisst, dass auch ich Kommissar war. Und ein guter Schütze!"

„Entschuldige. Mir schwirrt so viel im Kopf herum. Und ich habe Angst, dass ich scheitere!", sagte Alex leise.

„Selbstzweifel können wir jetzt nicht gebrauchen, Alex. Du musst und wirst es schaffen!"

„Und dann das nächste Problem. Wie soll ich vier oder fünf Tage ohne Sex funktionieren?", fragte Alex.

Angelos lachte.

„Dann sollten wir ein bisschen vorarbeiten, oder? Und dann könntest du noch ein getragenes T-Shirt von mir mitnehmen. Zwecks Pfirsichgeruch. Motiviert vielleicht!"

„Garantiert!"

17

In der Rangliste der übelsten Flughäfen der
Welt steht Thessaloniki ganz weit oben. Seit
Aegean den Mazedonien-Airport zu ihrem
Drehkreuz gemacht hat, platzte er aus allen
Nähten und diese Nähte stammen aus den
Sechziger Jahren. Alt, überfüllt und dreckig.
Schönes Aushängeschild.
Alex war schon während des Fluges unwohl.
Er war es nicht mehr gewohnt, irgendetwas
ohne Angelos zu tun. Genau genommen,
waren sie in dem einen Jahr ihrer Ehe keinen
einzigen Tag getrennt.
Die Kletten. So nannten manche auf der Insel
die beiden Kommissare. An das Leben vor
Angelos konnte sich Alex fast nicht mehr
erinnern. Dunkle Zeiten.
Er vermisste ihn.
Und musste sich dennoch konzentrieren,
sonst wäre es mit der trauten Zweisamkeit
bald vorbei.
Das aber würde nicht passieren. Alex würde
mit Angelos fliehen. Und wenn es bis ans
Ende der Welt ginge. Das stand fest.
Als Alex endlich die Gepäckausgabe
verlassen konnte, stand am Ausgang ein

junger Mann, Ende zwanzig, mit einem Schild „Nikakis".

„Giorgos?", fragte Alex.

„Ja. Herzlich willkommen in Thessaloniki. Darf ich Alex sagen?"

Alex lachte.

„Klar. Sooo alt bin ich nun auch nicht!"

„Ich fahre dich ins Hotel. Ich habe eines im Hafen ausgewählt, weil wir dort die Informationsquellen sitzen, die wir brauchen. Die Exhumierung ist morgen früh, aber Angelos meint, das sei nur eine Formalie. Es wird nicht Loukas sein!"

„Sicher nicht. Was für ein Schlamassel. Hat Angelos dir alles erzählt?"

„Ja. Unfassbar. Angelos ist garantiert kein Vergewaltiger und Mörder. Zumal er ja selbst Opfer war!", sagte Giorgos.

Alex war verblüfft.

„Er hat dir davon erzählt? Dann muss er dir sehr vertraut haben."

„Das hat er und das konnte er auch. Ich habe versucht, ihn nach der Vergewaltigung aufzufangen, aber es ist mir nicht gelungen. Ich bin verheiratet und habe zwei Kinder. Und dann der Job. Ich hatte schlicht nicht genügend Zeit, mich um ihn zu kümmern. Deswegen ist er so abgerutscht. Und ich habe mir lange Zeit Vorwürfe gemacht. Ich bin froh, dass sich sein Leben zum Guten gewendet hat. Er hat es verdient. Aber ich hatte größte Bedenken."

Pause.

„Darf ich dich etwas Persönliches fragen, Alex?"

„Nur zu!"

„Liebst du ihn *wirklich*?"

„Ich vergöttere ihn. Ohne Angelos möchte ich nicht mehr leben. Reicht die Antwort?", fragte Alex.

„Auf jeden Fall. Dann lass uns unseren Angelos retten. Ich hole dich morgen früh ab."

Von seinem Zimmer aus hatte Alex eine tolle Aussicht auf die Stadt. Von hier oben erschien sie riesig. Hier einen einzigen Menschen zu finden, noch dazu einen, der angeblich tot ist, war eine Herkulesarbeit. Schwer lastete der Druck auf Alex. Hier ging es nicht um einen normalen Fall. Es ging um die Rettung seines Ehemannes und damit auch um seine eigene Rettung.

Würde er scheitern, müssten sie den Rest ihres Lebens auf Madagaskar oder im brasilianischen Urwald verbringen.

Bei dem Gedanken musste Alex schmunzeln.

Er rief Angelos an.
„Himmel. Ich kann mich nicht mehr daran erinnern, wann ich zum letzten Mal alleine in einem Bett lag", sagte Alex.
„Noch dazu mit jemand so Schönem wie mir", antwortete Angelos.
Alex musste lachen. Angelos hatte sich gefangen und seinen Humor wiederentdeckt.
„Hoffentlich gefällt es meinem Schönen auch, wenn wir in einem Baumhaus auf Madagaskar leben!"
„Madagaskar ist zwar größer als Mykonos, aber ich wette, ich bin auch dort der schönste Mann der Insel!"
Angelos musste selber lachen. Alex dachte an die Geschichte, die ihm Angelos erzählte. Dass dieser an all dem nicht zerbrach, bewunderte er.
„Sag mal, hat dein Bruder, abgesehen davon, dass er dir ähnlich sieht, ein Merkmal? Was weiß ich. Tattoo, Leberfleck, Narbe?"
„Er müsste aus der Kindheit noch eine Narbe unter dem linken Auge haben. Er hatte irgendein Geschwür, das operiert werden musste."

18

„Na, gut geschlafen?", fragte ein gutgelaunter Giorgos.

Mehr als ein Brummen brachte Alex nicht zustande. Giorgos lachte.

„Angelos hat mich schon vorgewarnt. Drei Espresso. Wir gehen gleich da rein!"

Ein Café direkt gegenüber dem Hotel. Der Hotelkaffee war wie immer nur braunes Wasser.

„Ich habe vielleicht zwei Stunden geschlafen", klagte Alex.

„Trennungsschmerz?"

„Mach dich nicht lustig über mich!"

„Nein. Gar nicht. Mir geht es genauso, wenn ich dienstlich unterwegs bin. Gut, ich bin erst zwei Jahre verheiratet. Mal sehen, wie es in zwanzig Jahren ist", sagte Giorgos und lachte.

Der Verkehr war mindestens so schlimm wie in Athen. Es ging so gut wie nichts, das Ganze begleitet durch ohrenbetäubendem Lärm. Nie mehr würde sich Alex über den Verkehr auf Mykonos beschweren.

Nach über eine Stunde erreichten sie den Zentralfriedhof, oder besser gesagt: den Friedhofsparkplatz.

Fünfzehn Minuten später beklagte sich ein japsender Alex:

„Gibt´s hier keinen Bus, der durch den Friedhof führt?"

Giorgos lachte.

„Auch das hat Angelos prophezeit!"

„Was meinst du?"

„Er sagte: ‚Mein Mann ist ein Morgenmuffel und lauffaul!'!"

Womit er recht hatte.

Endlich erreichten sie die Grabstelle. Die oberste Erdschicht war schon entfernt. Vier Mann sollten den Sarg herausheben.

Ein grimmig dreinschauender Mann stand daneben.

„Der Friedhofsverwalter. Er hat getobt, weil wir es ihm erst heute Morgen gesagt haben!", sagte Giorgos.

Alex lächelte. „Gut gemacht."

Die vier Männer hoben den Sarg aus der Grube und taten sich unerwartet schwer.

„Da ist garantiert alles in dem Sarg, nur bestimmt keine Leiche", knurrte Alex.

„Woher weißt du das?"

„Brandleichen enthalten keinerlei Flüssigkeit mehr. Alles verdampft. Und da der Körper zum größten Teil aus Wasser besteht, wiegt die Leiche nicht mal die Hälfte. Und für vielleicht vierzig Kilo tun sich die Herren ganz schön schwer. Eigentlich brauchen sie ihn gar nicht öffnen!"

Alex grinste.

„So ganz hinter dem Mond liegt Mykonos nun auch nicht!"

„Hab auch nichts gesagt. Öffnen müssen wir ihn trotzdem", sagte Giorgos.

Es war, wie es Alex vorhergesagt hatte.

Mit Nägeln befestigte Sandsäcke. Damit sie nicht verrutschen, was insbesondere den Transporteuren oder Sargträgern aufgefallen wäre.

„Mich wundert, dass Angelos das nicht aufgefallen ist", stellte Alex fest.

„Er war ja nicht bei der Beerdigung. Besser gesagt, es gab gar keine. Der Sarg kam und wurde bestattet."

Traurig – würde man denken.

Wenn denn in dem Sarg jemand gelegen wäre.

„Und nun?", fragte Alex.

„Jetzt fahren wir in unsere nagelneue Überwachungszentrale", antwortete Giorgos, nicht ohne Stolz.

„Muss ich jetzt den ganzen Weg wieder zurücklaufen?"

Schon hatte Alex einen Friedhofsgärtner überredet, sie auf seinem Mini-LKW zum Auto zu fahren. Das war die 20 Euro wert.

19

Nach einer weiteren Stunde im Nebel von Stick- und Kohlenmonoxiden erreichten Giorgos und Alex das Polizeipräsidium. Die Zukunft fand im Keller statt. Der neue Überwachungsraum, mit zahllosen Displays, in Groß und Klein.

„Brandneu. Und mit Gesichtserkennung. Wenn also Loukas noch hier unterwegs ist – und er hält sich ja bestimmt nicht fünf Jahre versteckt – besteht eine gute Chance, ihn zu finden. Allerdings …"

„ … brauchen wir dazu ein Foto von Angelos, in der Hoffnung, dass sich die Gesichter noch ähneln. Fotos habe ich genug auf dem

Handy. Leider nicht alle jugendfrei", ergänzte Alex.

„Dann ist es wohl besser, du wählst es aus", sagte Giorgos lächelnd.

Am Abend telefonierten Alex und Angelos.
„Sas leípeis" – Ich vermisse dich, sagte Alex.
„Frag mich mal. Du machst dir keine Vorstellung, wie elend lang ein Tag zuhause sein kann. Ich darf ja nicht mal onanieren, weil du es mir verboten hast", klagte Angelos.
Alex lachte.
„Hör zu. Der Sarg war wie erwartet ein Volltreffer. Wir haben jetzt in das Gesichtserkennungsprogramm dein Bild eingespeist und warten jetzt auf einen Treffer. Aber ob und wann es einen Treffer gibt, kann ich dir nicht sagen. Wenn wir in fünf Tagen kein Ergebnis haben, breche ich das Ganze ab. Sonst sterbe ich an Entzugserscheinungen."
Angelos lachte.
„Warum bist du dir sicher, dass er noch oder wieder in Saloniki ist?"
„Wozu sollte er sich sonst in Saloniki beerdigen lassen? Die Anweisung war ja das Einzige, was man in seiner Hütte gefunden hatte. Offiziell war er tot. Hatte aber noch

seine Kontakte und die können einen ‚Toten'
immer brauchen. Tot heißt: keine Fahndung!", antwortete Alex.

„Er muss uns nur vor die Kameras laufen und
hoffentlich hat er keine Gesichts-OP machen
lassen!"

„Dazu fehlte ihm bestimmt das Geld. So ein
großer Fisch war er auch nicht. Also müsste
auch die Narbe noch da sein", sagte
Angelos.

„Und, Alex: ich bin froh, dass du dich darum
kümmerst. Du schaffst das!"

„Ich wage nicht, an etwas anderes zu
denken, sonst breche ich unter der Verant-
wortung zusammen", antwortete Alex.

„Aber du bekommst so den schönsten Mann
der Insel zurück!"

Alex lachte lauthals.

„Angeber! S´agapó. Ich liebe dich."

20

Alex tippte nur ein Wort in sein Handy:
„Treffer" und schickte es Angelos.
Zurück kam: „Du bist der Größte. Pass auf. Er ist nicht so wie ich!"
„Du meinst: nicht so schön wie du ☺?"

Giorgos hatte ihn am Morgen des dritten Tages angerufen. Am Abend vorher war Alex noch niedergeschlagen, weil er keinen weiteren Ansatzpunkt sah. Nun schien es sich doch zum Guten zu wenden.
Mit dem Taxi fuhr er zum Polizeipräsidium.
„Jassas, Giorgos. Wo ist das Bild?"
Giorgos lachte.
„Auch Jassas. Ein wenig Geduld. Aber Angelos hatte mir schon gesagt, …"
„ … dass ich ungeduldig bin. Sag mal. Hat er vielleicht auch etwas Positives über mich gesagt?", fragte Alex.
„Aber ja. Er nannte dich ‚das Glück meines Lebens'. Und das ist nicht gelogen!", antwortete Giorgos.
„Schön zu wissen. Entschuldige, es geht um sein und mein Leben!"
„Gleich haben wir es. Ich spiele es auf den großen Schirm."

Das gibt´s doch nicht, dachte Alex, obwohl er natürlich wusste, dass sie Zwillinge sind. Das war Angelos – nur ungepflegt und deutlich älter aussehend. Tränensäcke und wässrige Augen. Unsaubere Haut und ein Bart, der schon länger keinen Barbier gesehen hat.

„Kannst du es etwas größer machen um die Augen?", fragte Alex.

Es kam die hochauflösende Version. Und da war sie. Die Narbe. Eindeutig.

„Ich könnte euch alle küssen"

„Das lass mal lieber. Da hätten unsere Frauen etwas dagegen", antwortete Giorgos.

„Gut. Jetzt die Frage: wo ist er erfasst worden? Hoffentlich nicht am Bahnhof oder Flughafen!" Denn das würde bedeuten, er wäre weg. Er könnte von der Exhumierung erfahren haben!´ Bitte nicht, dachte Alex.

Giorgos sah die Panik in Alex´ Augen.

„Keine Sorge. Es war eine Kamera im Hafenviertel. Eine Straße mit vielen Kneipen, die meisten etwas zwielichtig. Nur vielleicht 300 Meter von deinem Hotel entfernt. Vorausschauend gebucht, würde ich sagen!", meinte Giorgos lächelnd.

Alex lachte. „Uhrzeit?"

„Zehn nach elf abends. Ich würde sage, er war auf Kneipentour oder traf einen seiner neuen, nun, ‚Auftraggeber'!"

Klingt plausibel, dachte Alex. Und durch die Nähe zum Hotel kann ich mich auch nicht verlaufen.

„Also muss ich die Läden alle abklappern?" Es war mehr eine rhetorische Frage.

„Sei doch froh, dass wir ihn haben", tadelte ihn Giorgos.

„Stimmt. Ich will nicht undankbar sein", antwortete Alex.

„Soll ich mitkommen?"

„Nein. Das könnte ihn abschrecken. Wenn er dich kennt, rennt er weg. Das Risiko ist mir zu groß. Aber eine Bitte hätte ich: einen GPS-Sender. Damit wir herausfinden, wo er wohnt oder was Auffälliges am Bewegungsmuster festzustellen ist!"

„Macht 100 Euro. Bei Rückgabe gibt's sie zurück. Sorry, aber es ist ja keine offizielle Untersuchung!"

„Mazedonische Räuber", sagte Alex lächelnd.

21

Hafenkneipe, dachte Alex. Also Hemd raus.
Abgetragene Jeans. Nicht rasieren.
Angelos würde ausflippen, wenn er ihn sehen
könnte. Angelos legt nicht nur bei sich Wert
auf gute Kleidung, Keine Designer-Klamot-
ten, aber passen musste es. Alex erhielt
mehrere Lektionen und musste feststellen,
dass er sich selbst besser gefiel.

Doch der erste Abend verlief ergebnislos.
Nach fünf Espressi in fünf verschiedenen
Spelunken und diversen Runden durch das
Hafenviertel, kehrte Alex ins Hotel zurück.

Am zweiten Abend schien es zunächst so, als
hätte Alex Loukas gefunden. In dem Dunkel
der Tavernen aber waren die Gesichter nur
schwer zu erkennen. Zwielichtig, genau wie
die Besucher. Er war es nicht.
Frustriert verließ Alex die Bar und lief Richtung
Hotel.
Und da kam er. Angelos in Kopie. Nur etwas
beleibter und verlebter. Alex musste an sich
halten, ihn nicht gleich anzusprechen.
Nein, nein. Er musste ihn in einer Kneipe
erwischen. Auf der Straße würde Loukas

einfach weitergehen. Und außerdem benötigte Alex eine Gelegenheit, um den GPS-Sender zu platzieren. Dazu musste Loukas die Jacke ausziehen.

Er folgte Loukas unauffällig in eine Kneipe. Loukas setzte sich an den Tresen. Gut. Deutlich besser als an einen Tisch. Am Tresen ist Ansprechen unauffälliger.
Alex setzte sich an einen leeren Tisch, um Loukas etwas zu beobachten. Ich reagiere überhaupt nicht auf ihn, dachte Alex. Dabei sieht er trotz mancher Makel Angelos mehr als ähnlich. Dann liebte er Angelos wohl auch wegen seiner menschlichen Qualitäten.

Endlich wurde der Platz neben Loukas frei. Entweder rennt er sofort davon oder er hört mir zu. Festnehmen lassen konnte er ihn nicht. Er war auch nicht der Mörder von Panormos, sagte ihm sein Instinkt. Und würde ein Hetero einen 17-jährigen vergewaltigen? Unwahrscheinlich.
Egal, jetzt zählt es.

22

„Hallo Loukas", sagte Alex.

Der sah ihn vollkommen überrascht an.

Die Augen. Er hatte die gleichen Augen wie Angelos.

„Kenne ich dich?"

„Nein. Sollte mich wundern. Ich gebe einen Ouzo aus", sagte Alex.

Loukas war zweifelsfrei Alkoholiker. Man konnte es an der unsauberen Haut und den wässrigen Augen sehen.

„Den nehm´ ich an. Auch wenn ich nicht Loukas heiße."

Der Barkeeper brachte die Ouzos und Alex nützte die Gelegenheit, um den Sender in der Brusttasche von Loukas´ Jacke zu stecken. Sie hing auf dem Bistrostuhl.

Manchmal hat man doch Glück, dachte Alex.

„Hör zu. Ich bin nicht von der Polizei. Also hör mir einfach zu. Es wird sich auch lohnen für dich!"

Geld zieht bei der Sorte Mensch immer.

„Wenn du genug zahlst bin ich nicht nur Loukas, sondern auch der Papst", sagte Loukas grinsend.

„Sehr witzig. Du heißt Loukas Nikakis!"

Loukas stand auf und griff nach seiner Jacke. Alex hielt ihn am Arm fest.

„Du bekommst 30.000 Euro für ein paar Erklärungen. Keine Polizei, keine sonstigen Probleme. Ich brauche nur ein paar Antworten. Im Übrigen hat deine damalige Freundin nach deiner Beerdigung eine Lebensversicherung kassiert, die du vor deiner Flucht abgeschlossen hast. Natürlich musstet ihr fünf Jahre warten, bis gezahlt wurde. Aber das hat sich gelohnt. War keine Riesensumme, aber ...“

„Ich kann mich jederzeit wieder verpissen“, raunzte Loukas.

„Warum solltest du? Du bekommst von mir eine Menge Geld und die Unterlagen über die Lebensversicherung. Überleg´ es dir. Morgen um elf wieder hier. Und: ich komme alleine, du auch. Ich habe das Geld nicht bei mir, sondern ich hole es, sobald du meine Fragen beantwortet hast. Eine kleine Anzahlung ist in diesem Kuvert.“

Es waren 2.000 Euro. Gott sei Dank haben wir genug Geld, dachte Alex.

Menschen wie Loukas waren nur so zu ködern. Die menschliche Gier. Und selbst wenn es 200.000 kosten würde, Angelos freizubekommen, Alex würde es bezahlen.

Seit Angelos Riesengewinn im Casino waren sie sämtliche Geldsorgen los. Und wie könnte man Geld besser einsetzen, als zur Rettung eines geliebten Menschen?

Loukas nahm das Kuvert und sagte:
„Ich überlege es mir."
Er wollte schon gehen, als er fragte:
„Wer zum Teufel bist du?"
„Dein Glücksbringer!", antwortete Alex.
Dann ging Loukas – mit dem Sender.

Erst jetzt begann Alex zu zittern. Er griff nach der Zigarettenschachtel. Seit dem Tag der Verhaftung von Angelos rauchte er wieder und stellte fest, dass es ihn entschieden beruhigte.
Er wartete noch zehn Minuten, dann packte er das Ouzoglas, aus dem Loukas getrunken hatte, ein. Er war zwar sicher nicht der Mörder, aber die Polizei Saloniki hatte noch keine DNA von ihm. Als Prophylaxe für zukünftige Aktionen von Loukas. Die von Angelos, obwohl fast gleich, würde vor Gericht nicht zugelassen.
Würde er reden, würde Alex das Glas wegwerfen.

23

„Angelos mou, ich habe ihn gefunden und mit ihm gesprochen. Kurz. Ich habe ihm Geld geboten, wenn er mir morgen die ganze Geschichte erzählt. Ich hoffe, er springt darauf an!"

Man hörte fast, wie Angelos ein Stein vom Himmel fiel.

„Ich bin dir sooooo dankbar. Wie war er?"

„Du meinst, ob er mir so gefällt wie sein Zwilling?"

Angelos lachte.

„Nein. Er hat zwar die Züge von dir und ist irgendwie attraktiv, aber ansonsten ist er ungepflegt und ein Prolet. Wie geschaffen für die Unterwelt!"

„Was beweist, dass du mich nicht nur wegen meines Aussehens geheiratet hast!"

„Genau das habe ich mir in der Taverne auch gedacht. Derselbe Satz. Das gibt's doch nicht."

„Zwei Hirne, eine Seele", lautete Angelos' Antwort.

Vier Worte, die es genau trafen.

„Ich hoffe, er redet. Ich glaube nicht, dass festnehmen und verhören viel bringt. Beim

Wort ‚Polizei' macht er dicht. So schätze ich ihn ein."

„Du machst es schon richtig. Vertrau´ einfach auf deine Intuition. Die ist unschlagbar", sagte Angelos.

„Ein Lob von meinem ‚Superbullen'! Wow."

„Tue nicht so, als würde ich dich zu wenig loben. Ich habe mir extra vorgenommen, es nie mehr nur zu denken, sondern auch zu sagen", antwortete Angelos.

„Du, ich habe mir Gedanken gemacht, was oder wer dahintersteckt. Cui bono. Es könnte doch sein, dass es gar nicht um mich geht, sondern um uns beide oder dich. Alle gehen davon aus, dass du mich mehr liebst als ich dich, was nicht stimmt. Aber die Leute denken es. Wenn man sich an dir rächen wollte, womit würde man dich am meisten treffen?", fragte Angelos.

„Wenn es dich nicht mehr gäbe", lautete die Antwort. An die Möglichkeit, dass es um ihn ging, hatte Alex bisher nicht gedacht.

„Und umgekehrt ist es dasselbe. Nur glauben es die anderen nicht. Mir ist es egal, Hauptsache, du weißt es. Aber wir sollten einen Racheakt an dir nicht ausschließen!"

„Du hast Recht, Großer", sagte Alex

„Jedenfalls bin ich all unsere gemeinsamen Fälle durchgegangen. Und wir sind einigen Leuten gewaltig auf die Füße getreten. Einige hast du zwar dankenswerterweise erschossen ..." An der Stelle lachte Angelos. „Aber auch die haben Angehörige. Die Liste, die ich gemacht habe, ist keine kurze!"

Alex dachte nach.

„Bei den Einsätzen habe meistens ich geschossen, weil du ja der Lockvogel warst. Ein sehr schöner Lockvogel nebenbei!" Angelos lachte.

„Ich vermisse dich. Wann ist das Treffen?"

„Um 23.00 Uhr!"

„Lass mich raten: du rauchst jetzt schon Kette!", sagte Angelos.

„Es qualmt aus allen Öffnungen. Klappt es nicht, müssen wir doch nach Madagaskar!"

24

Ohne Aufnahme bringt das Gespräch nichts. Allein seine Aussage hätte zwar Gewicht – als ehemaliger Kommissar -, aber das würde durch die Nähe zu Angelos relativiert.
Ich brauche einen Übertragungswagen, dachte Alex. Aber Giorgos schüttelte den Kopf.
„Ohne Gerichtsbeschluss geht das nicht. Geh zu Richter Lipsas. Der hilft dir am Ehesten. Und sag ihm die Wahrheit!"
Giorgos lächelte, was Alex nicht verstand. Auch egal.
Also machte sich Alex auf zum Gericht. Im dritten Stock fand er Richter Lipsas.
Groß, stämmig – eine richtige Autoritäts-person. Aber sehr freundlich, nachdem Alex ihm die Geschichte erzählte.
„Haben Sie ein Foto Ihres Mannes?"
„Natürlich. Auf dem Handy. Hier!"
„Sie Glückspilz. Das ist aber ein Hübscher. Wo haben Sie ihn denn gefunden?"
„Bei einer Verkehrskontrolle" antwortete Alex. Richter Lipsas lachte. Jetzt wusste Alex, warum Giorgos ihn zu Richter Lipsas geschickt hatte.

„Dann sollte ich auf Mykonos auch mal zuge-dröhnt Autofahren."

Alex lachte. Manchmal hatte man als Schwuler auch Vorteile. Wenn an der richtigen Stelle ein Gleichgesinnter sitzt.

„Jedenfalls können wir ein solches Pracht-exemplar nicht ins Gefängnis schicken. Ich genehmige den Übertragungswagen und stelle vorsorglich einen Haftbefehl aus, falls Sie ihn grillen müssen."

„Ich bin Ihnen sehr dankbar, Herr Richter!", sagte Alex aufrichtig.

„Eins noch: sieht er Ihrem Mann ähnlich?", fragte Lipsas.

„Ja. Aber er ist ungepflegt und sieht verlebt aus!"

„Schade! Viel Glück Ihnen beiden!"

Beim Verlassen des Gerichts lachte Alex laut los. Die Umstehenden schauten, als wäre er nicht ganz bei Trost.

25

„In einer Viertelstunde geht es los. Wünsch´ mir Glück, Großer. Aber ich habe einen Übertragungswagen und zur Not einen Haftbefehl!", sagte Alex.

„Einen Haftbefehl? Du hast doch noch gar nichts gegen ihn in der Hand!", antwortete Angelos.

„Das lag an dir. Ich habe dem Richter ein Foto von dir gezeigt und er meinte, Zitat, ‚ein solches Prachtexemplar können wir doch nicht ins Gefängnis schicken'!"

Angelos lachte.

„Du siehst, du hast ein Prachtexemplar, schön und auch noch klug! Aber ich hoffe, er hat dich nicht zum Essen eingeladen. Ich möchte mein Prachtexemplar nicht teilen!"

„Kein Gedanke und das weißt du!"

War das ein Anflug von Eifersucht? Das wäre von seiner Seite aus wirklich etwas Neues.

Es gefiel Alex.

Er machte sich auf den Weg.

Fünf nach elf begann Alex, sich Sorgen zu machen. Dann jedoch ging die Türe auf und Loukas kam herein. Er setzte sich neben Alex.

„Ich beantworte nur die Fragen, die ich beantworten will. Verstanden?"

„Sicher."

„Um was geht es hier eigentlich? Und wenn du nicht von der Polizei sind, wer bist du dann? Ein Privatschnüffler?"

„Ich bevorzuge den Ausdruck Privatdetektiv", antwortete Alex.

„Also, was willst du?"

„Es geht um deinen Bruder!"

Das Gesicht von Loukas verzog sich zu einer Fratze voller Hass.

„Ich habe keinen Bruder mehr!"

„Erzähl´ keinen Mist. Er heißt Angelos und lebt!"

„Schade. Von mir aus kann er verrecken. Dieser arrogante Drecksack. Und eine Schwuchtel ist er obendrein", sagte Loukas mit hasserfüllter Stimme.

„Warum hasst du ihn so?"

„Privatsache!"

„Gut, dann kommen wir zum Geschäft. Du hast ihm schon genug Ärger gemacht und offensichtlich deinen Spaß gehabt. Nur steht deine DNA im Zusammenhang mit einem Mord. Zunächst verdächtigte man Angelos, doch da es einen Zwillingsbruder gibt, kommst auch du als Täter infrage. Wenn du meine Fragen beantwortest, gehst du hier als freier Mann hinaus. Überleg´ es dir!"

Loukas zögerte. Er überlegte, was offensichtlich länger dauert als bei Angelos. Unfassbar, diese Unterschiede. Was das Leben aus zwei gleichen Menschen machen kann.

„Ich habe mit dem Mord nichts zu tun. Ich war die ganze Zeit hier in Thessaloniki", brummte Loukas.

„Was aber nur Leute bezeugen können, die nicht gerne vor Gericht erscheinen", sagte Alex grinsend. „Also, die Geschichte bitte!"

„Ich bekomme das Geld aber trotzdem!"

„Sicher!"

„Ich habe einen Anruf bekommen. Von meinem Boss. Ich bekäme 10.000 Euro für ein Röhrchen Speichel und ein Röhrchen Wichse!"

Was für ein Prolet.

„Mein Boss meinte, jemand möchte Angelos eine reinwürgen. Na, und da war ich sofort dabei. Noch dazu, wo es Geld für wenig Arbeit war!"

„Wer dieser jemand ist, hat dein Boss nicht gesagt?", fragte Alex.

„Nein. Hat mich auch nicht interessiert."

„Und dann hast du die Röhrchen deinem Boss gebracht?"

„Jup!"

Schade. Hätte er es per Post verschickt ... Aber das wäre wohl zu viel verlangt.

„Und wie heißt dein Boss?! Geld gegen Namen. Keine Sorge. Ich werde ihn nicht behelligen!"

„Dann bin ich ein toter Mann!", flüsterte Loukas.

„Er wird es nie erfahren", antwortete Alex.

„Kiriakos. Er hat ein Lagerhaus im Hafen. C4. Dort ist auch sein Büro", sagte Loukas.

„Er bringt mich um, sobald du meinen Namen aussprichst!"

„Das wird nicht passieren", antwortete Alex. Und wenn, wäre es kein Schaden.

„Oder du nimmst das Geld und gehst wieder nach Thailand. Ich sorge dafür, dass du unbehelligt ausreisen kannst. Das Geld liegt in den Schließfächern im Hauptterminal!"

Alex gab Loukas den Schlüssel.

„Ich kann ausreisen? Wer bist du, dass du so etwas versprechen kannst? Doch ein Bulle?"

Alex setzte sein breitestes Lächeln auf.

„Ich war einmal Kommissar. Jetzt bin ich hauptberuflich der Ehemann von Angelos!"

26

„Habt ihr es?", fragte Alex.

„So klar wie in der Oper!"

„Bitte schickt die Aufnahme sofort an die beiden E-Mail-Adressen, die ich euch gegeben habe. Ich komme gleich zu euch. Ich muss erst Angelos anrufen!"

Eine Woge von Glücksgefühlen überkam Alex. Und gleich würde noch jemand glücklich sein.

„Hallo, Großer. Er hat geplaudert. Die Bestellung lief über einen örtlichen Kriminellen. Wer der Empfänger auf Mykonos war, weiß ich noch nicht. Aber die Kollegen überwachen den Typen, vielleicht finden sie etwas. Oder hören ein Telefonat ab. Aber egal: Hauptsache, du bist frei. Mantzaris hat die Audiodatei schon, du übrigens auch!"

Pause.

„Angelos?"

Man hörte, dass er schniefte.

„Ich … kann … dir gar nicht sagen, wie dankbar ich dir bin. Der Albtraum ist vorbei!"

„Nein, Angelos. Ich will dir die Nachricht nicht verderben, aber wir müssen den Auftraggeber finden, sonst kann uns ähnliches

wieder passieren. Trotzdem: freu dich! Und morgen Mittag bin ich wieder zuhause!"
„Danke. Ich liebe dich!"

„Alpha 1. Unser Mann wird verfolgt. Zwei Motorräder rechts und links!"
Ein schlechtes Zeichen. Motorräder an der rechten und linken Seite der Fahrbahn heißt: Man will maximale Streubreite. Kaum eine Chance für die Zielperson.
„Alpha 1. Standort!"
„Zweite Querstraße Richtung Porto Palace."
„Los, Giorgos!"
Sie rannten die zwei Blöcke entlang. Schüsse hörte man noch keine. Sie hatten noch nicht zugeschlagen – oder Schalldämpfer benutzt. Warum zum Teufel renne ich für diesen Arsch?, fragte sich Alex.
Als sie um die Ecke kamen, lag dort Loukas. Alex rollte den Mann auf den Rücken. Er sah, dass Loukas´ Augen offenwaren, er sie aber anscheinend nicht fixieren konnte. Hektisch begann Alex mit der Mund-zu-Mund-Beatmung und versuchte, die Lunge wieder funktionstüchtig zu machen, damit Loukas´ Blut weiter Sauerstoff bekam.

„Zentrale. Unser Mann wurde niederge-
schossen. Wir brauchen einen Krankenwagen."

„Kommt. Täter noch in der Nähe?"

Alex wollte schon verneinen, als am anderen
Ende der Straße wieder die Lichter von
Motorrädern zu sehen waren.

Leise sagte Alex: „Sie sind zurück. Haben sich
wahrscheinlich gewundert, warum so schnell
Hilfe kam!"

Alex hätte wegrennen können. Aber würde
er mit der Beatmung aufhören, wäre Loukas
tot. Was tun?

Er sah, wie einer der Motorradfahrer in die
Brusttasche griff. Es gab einen Knall, Alex sah
das Mündungsfeuer. Die Kugel prallte aber
am Asphalt ab. Alex suchte Deckung hinter
Loukas. Aber optimal war das nicht. Ein guter
Schütze würde nur einen zweiten Schuss
brauchen.

Die nächste Kugel traf. Loukas.

Dann folgte der nächste Schuss. Und der
Motorradfahrer fiel seitwärts von seiner
Ducati.

Es war Alpha 1, der ein paar Schritte hinter
Alex zurückgeblieben war und aus der
Deckung der Hausecke heraus den Schützen
erledigte.

Er hatte direkt den Kehlkopf getroffen. Exitus. Und auch Loukas war tot.

Immerhin habe ich es probiert, dachte Alex. Hoffentlich würde mir Angelos glauben, dass es nicht ich war. Kurz hatte Alex mit dem Gedanken gespielt, Loukas zu töten, hatte es aber dann verworfen.

Plötzlich stand Giorgos neben ihm.

„Immerhin hast du etwas in der Hand, um Angelos zu helfen. Aber eine Spur zu den Hintermännern? Da müssen wir wohl auf die Überwachung und dann eine Hausdurch-suchung bei Kiriakos abwarten."

„Ja. Bitte achte darauf, dass das nicht untergeht. Selbst wenn ihr 50 Kilo Koks findet, denk an uns. Danke für alles, Giorgos!"

Alex umarmte Giorgos und ging zurück ins Hotel.

Nein, er würde Angelos nicht gleich mit der Nachricht konfrontieren.

27

Kiriakis griff zum Telefonhörer.

„Wir haben ein Problem. Der alte Nikakis war hier. Und hat Loukas tatsächlich gefunden."

Das war eine ganz schlechte Nachricht.

Wie hat der Alte das Bloß geschafft?

„Das Problem ist, dass wir nicht wissen, ob wir Loukas erwischt haben, bevor er plaudern konnte!"

„Was heißt ‚erwischt'?"

„Na was wohl. Erschossen. Aber leider erst nach dem Treffen", sagte der Mann.

„Dann hat er geredet. Und der Alte hat ihm mit einer Mordanklage gedroht und das Ganze noch mit etwas Geld garniert."

„Ich hoffe nur, dass Loukas nicht meinen Namen genannt hat. Das Letzte, was ich brauche, ist auf dem Radarschirm der Polizei aufzutauchen. Das wäre für meine Geschäfte verheerend. Deswegen mussten wir ihn eliminieren!"

Der andere Mann seufzte.

„Wenn es zu einer Überprüfung deiner Buchhaltung kommt, sie finden doch nichts?"

„Nein, nein. Damit haben wir den ersten Teil erfüllt. Ich erwarte die Rate in spätestens zwei Tagen, verstanden?"

„Klar!"

Der Gesprächspartner lehnte sich in seinem Sessel zurück.

Er hatte den alten Nikakis unterschätzt. Das hätte ihm nicht passieren dürfen. Aber jeder auf der Insel hatte ihm bestätigt, dass Angelos die treibende Kraft ist. Das Hirn der beiden. Sie liegen alle falsch.

Lage neu überdenken und ausrichten.

Aber zwischenzeitlich musste er sich an ein weiteres Projekt machen. Eines, was ihm mindestens genau so viel Freude bereiten würde.

„Gut. Wann der zweite Teil steigen soll, teile ich Ihnen noch mit. Aber die gestrigen Ereignisse sollten Ihnen eine Lehre sein. Ihr Mitarbeiter soll sauber arbeiten. Die zwei Schwuchteln sind nicht zu unterschätzen!"

„Das habe ich schon selbst gemerkt. Aber mein Mann ist ein Profi."

„Um es nochmals klarzustellen: keine sichtbare Gewalt. Es muss nach einem Unfall aussehen. Keine freiliegende Haut, wo sie ihn kratzen könnte. Handschuhe!"

Was glaubt dieser Idiot, mit wem er es zu tun hat?

„Wir machen sowas nicht zum ersten Mal! Kapiert?"

„Schon gut. Sollte keine Kritik sein."

Kiriakos´ Gesprächspartner legte auf.

Jetzt musste er nur noch den Tag festlegen. Dann konnte er den nächsten Haken machen.

„O sotíras mou" – Mein Retter, begrüßte ihn Angelos stürmisch. Er drückte Alex, als wäre er ein Jahr fortgewesen.

„Gott habe ich dich vermisst", brachte Alex noch gerade so heraus. Dann hörte er nur:

„Ausziehen!"

„Die Treppe wirst du mich doch noch hoch-gehen lassen", sagte Alex lachend.

„Kannst du vergessen, oder ich reiße dir hier die Klamotten herunter!"

„Du hast das Onanierverbot tatsächlich eingehalten?", fragte Alex amüsiert.

„Ja. Sonst wäre es auch nicht so dringlich", knurrte Angelos.

Schon flogen die Knöpfe von Alex´ Hemd. Zehn Sekunden später lagen die beiden auf dem Hochflorteppich.

Wenn er jemals Zweifel an Angelos´ Liebe hatte, sie verflogen in der folgenden Stunde. Seine Augen, Seine Zärtlichkeit, sein Verlangen. Es war echt.

Sehr, sehr viel später lag Alex auf dem Teppich und fühlte sich, als wäre ein Panzer über ihn gefahren.

„In Zukunft wird das Onanierverbot auf drei Tage beschränkt, Kommissar Nimmersatt", klagte Alex mit einem Lächeln.

„Prachtexemplar hatte der Richter gesagt?", fragte Angelos.

Alex lachte.

„Ich wusste, dass du dir das gemerkt hast!"

„Ich habe also selbst in Mazedonien einen Fan? Unglaublich. Na ja, eigentlich nicht!"

Gott, wie habe ich seinen Humor vermisst, dachte Alex.

„Ich muss dir noch etwas sagen. Loukas ist tot. Aber glaube mir bitte, ich war es nicht. Es waren wohl seine Arbeitgeber."

Kurz trübte sich Angelos´ Blick.

„Natürlich glaube ich dir. Und es ist besser so. Es konnte kein gutes Ende nehmen mit ihm!"

Und Alex schämte sich. Warum? Er hatte zwei Stunden gebraucht, um Angelos zu glauben, dass er nichts mit dem jungen Sorbas hatte.

29

Victor war heilfroh, als die Fähre sich
Thessaloniki näherte. Endlich wieder
heimisches Terrain. Einsätze auf fremdem
Terrain behagten ihm gar nicht. Sicher, er
hatte vorher Karten und zahlreiche Fotos
erhalten. Aber das ist etwas anderes als das
Ganze in 3D.
Er hatte die Fähre gewählt, weil der Hafen
nur 300 Meter vom Einsatzort entfernt lag.
Unfall. Es sollte wie ein Unfall aussehen. Das
war seine Spezialität, obwohl ihm Kopf-
schüsse eher lagen.
Die Appartements hatten alle Außenzu-
gänge, was ihm die Arbeit sehr erleichterte.
Da das Haus auf einen Berg gesetzt wurde,
könnte es mit der Fallhöhe hinkommen. 5E.
Sie würde nicht zuhause sein. Wer ist das
schon bei der Hitze. Also schlich er sich zur
Abendessenszeit in das Zimmer. Er kalkulierte
die Rückkehr auf etwa 1.00 Uhr. Für den
Beachclub war die Dame zu alt. Keine sicht-
baren Verletzungen. Ein Elektroschocker auf
die Kleidung. Unter keinen Umständen auf
die Haut. Das war sein Plan. Doch die Dame
schlief in dieser Nacht auswärts.

Victor war stinksauer. Früh morgens schlich er wieder aus dem Zimmer. Er beschloss, das Risiko einzugehen, am frühen Abend einen neuen Versuch zu starten.

Tatsächlich kam die Dame, offensichtlich gehetzt in den Raum und setzte sich sofort an den Kosmetiktisch.

Schnell fertig machen für das nächste Date. Nun, das nächste Date würde der Asphalt werden. Victor wartete noch ein wenig. Er war es gewohnt, lange stillzustehen. Sein Job. Die Dämmerung. Ein bisschen Deckung sollte schon sein, aber andererseits lag die Pension günstig. Um ganz nach oben zu sehen, musste man den Kopf schon weit nach hinten legen.

Der Schocker traf sie an der Schulter und ließ sie vom Hocker fallen. Kein Geräusch. Perfekt.

Vorsichtig ging er auf den Balkon und sah nach unten. Keine Menschenseele zu sehen. Es war noch zu früh, um auszugehen. Überall hörte man die Duschen rauschen.

Er überprüfte die Kontaktstelle an der Schulter. Durch die Bluse gab es auf der Haut eine leichte Rötung. Nichts, was groß auffallen würde.

Und bei einer Selbstmörderin ist eine Autopsie selten. Pathologien waren überall überlastet. Und hier auf Mykonos würde der Pathologe kooperativ sein.

Sie war ein Leichtgewicht. Und so war es ein leichtes, sie – nach einer weiteren Schockbehandlung – vom Balkon zu schmeißen. Schreien konnte sie nicht. Besonders günstig: sie fiel auf einen der Müllcontainer und rutschte dann hinunter, neben einen weiteren Abfallbehälter.

Gott sei Dank hatte sie kein Zimmer mit Meeresblick.

Er verließ das Zimmer und atmete tief durch, als er die Straße erreichte. Er würde vielleicht noch die Spätfähre erreichen.

30

Endlich war das Bett neben Alex nicht mehr leer. Und Angelos war vorerst außer Gefahr. Wenn die Initiatoren dieser perversen Aktion denn Ruhe gäben, was Alex aber nicht glaubte.

Zunächst aber war Ruhe angesagt. Bevor die Polizei in Saloniki in Sachen Kiriakos etwas herausfindet, konnte ohnehin einige Zeit vergehen.

Alex hatte sich gerade umgedreht, als das Handy brummte.

Zum Kuckuck, kaum zu Hause, geht es schon wieder los, dachte Alex.

Es war Maria. Die Polizei.

„Was ist?", knurrte Alex.

„Ein Selbstmord? Was haben wir denn damit zu tun?"

„Oh, Alex, gib her", sagte Angelos.

„Entschuldige, Maria, du kennst ja Alex. Er ist morgens ein Brummbär. Was ist jetzt mit dem Selbstmord?"

„Ich hätte euch nicht angerufen, wenn es nicht … wenn es nicht die Frau des Bürgermeisters wäre", sagte Maria.

„Was? Der arme Mann. Erst die Tochter ermordet, jetzt die Frau… Wo ist es passiert?"

„Tagoo. Bei Sahas. Fünf Stockwerke."

„Weiß er es schon?", fragte Angelos.

„Äh, nein, wir dachten …"

„Schon klar, Maria!" Angelos lachte.

„Los, Brummbär, Aufstehen, Einsatz!"

„Kaum bist du wieder Kommissar, werde ich wieder herumgejagt!"

Im Auto sagte Alex:

„Das nennt man wohl Pech. Das hat Christeas wirklich nicht verdient!"

„Wenn es denn Pech ist", antwortete Angelos.

„Dein Bauch sagt dir, es war Mord?"

„Wundern würde es mich nicht! Auf dieser Insel war bisher jeder Unfall ein Mord!"

„Saloniki ist auch kein Paradies", antwortete Alex.

Angelos lachte.

„Du hast dich ja nur im Spelunkenviertel herumgetrieben. Und schwule Richter bezirzt!"

„Von wegen. Als er das Bild von dir sah, war ich völlig uninteressant geworden!", sagte Alex.

„Zuerst Tatort oder Christeas?"

„Wenn du schon Tatort sagst … Als hätten wir nicht ein wenig Ruhe verdient. Konnte die dumme Kuh nicht eine Woche warten?"

31

Die „dumme Kuh" sah sehr derangiert aus, vor allem deswegen, weil sie zuerst mit dem Kopf aufschlug.

Nikos Sahas stand fassungslos neben dem Leichnam.

„Eine so nette und fröhliche Frau!"

Er hatte recht. Anna Christeas war eine lebensfrohe Frau. Die Ermordung ihrer Tochter machte ihr natürlich zu schaffen, Aber sie hatte sich wieder gefangen. Ihr Mann, der Bürgermeister, war noch nicht soweit. Er stürzte sich in die Arbeit, um möglichst wenig nachzudenken.

So hatten sie sich auseinander gelebt. Scheiden lassen – das wollten sie sich noch nicht, aber sie brauchte eine Auszeit und war vor vier Wochen in die Appartements Sahas gezogen. Mit Sahas´ Frau war sie eng befreundet. Inselgerüchte besagten, sie hätte sich ins Partygewühl gestürzt – und einen Liebhaber aufgetan. Tratsch und Klatsch.

„Müssen die jedes Mal ein Tuch über die Leiche werfen? Wir sollten mal einen Grundkurs geben", knurrte Alex.

„Der Kurs wird bestimmt ein Riesenerfolg. ‚Wie verhalte ich mich, wenn ich eine Leiche finde?'", sagte Angelos.

„Erster Punkt bei dem Kurs: Dem Trottel von der Polizei eine reinhauen!", meinte Alex, als er Jonas kommen sah.

„Auch schon hier?", brummte Alex.

„Ah. Das Schwuchtelduo ist wie …"

Er hatte noch nicht ausgesprochen, da hatte Angelos ihn schon an der Gurgel gepackt.

„Jetzt hör mal zu, du Würstchen. Du bist die Karikatur eines Polizisten. Noch einmal so ein schräger Satz und ich haue dich ungespitzt in den Boden!"

„Ganz schön frech für einen Mörder und Vergewaltiger", keifte Jonas zurück.

„Ach. Du weißt es noch nicht? Die Ermittlungen sind eingestellt. Und für den ‚Mörder und Vergewaltiger' gibt´s eine Verleumdungsklage. Das wird teuer. Und jetzt verpiss dich!", schrie Alex.

„Ach ja, ich vergaß. Euer Richter. Manchmal könnte man meinen …"

„Ja, Jonas ? Sprich ruhig weiter. Es wird immer teurer!"

Aber Jonas trollte sich.

„Sie hatte keinen Besuch?", fragte Alex.

„Wie soll ich das kontrollieren? Sie sehen ja, dass alle Appartements einen Außenzugang haben. Extra so gebaut."

Damit man sich die Reception sparen kann und den dauernd fragenden Gästen aus dem Weg geht.

Während Angelos die Treppen hochrannte, quälte sich Alex hoch. Der Wiedersehenssex hatte ihm alle Kräfte geraubt.

Im Zimmer selber war alles aufgeräumt.

„Sie haben doch nicht etwa …?", fragte Angelos.

„Nein, nein. Das Bett wurde offensichtlich nicht benutzt", sagte Sahas.

„Wer hat sie gefunden?"

„Äh. Die Müllabfuhr." Wie passend.

Angelos ging auf den Balkon und schaute von der Seite auf den Handlauf. Kunststoff. Gott sei Dank.

„Kein Tapser zu sehen. Wer geht auf einen kleinen Balkon, ohne sich am Geländer abzustützen?", fragte Angelos.

„Ok. Blaulicht, Alex!"

Nicht zu sehen.

„Kameras gibt´s keine?"

„Wissen Sie, was das kostet?"

„Heißt also, jeder kann hier von außen in die Zimmer gelangen. Keine Reception, keine

Kameras. Na, hier fühlt man sich richtig sicher!"

Angelos ging die Treppen wieder hinunter. Unten lud gerade der Krankenwagen die Leiche ein.

„Zuerst Pathologie, dann Bürgermeister", legte Angelos fest und Alex nickte. Hauptsache, keine Treppen mehr!

32

Sie betraten die Klinik am Kreisverkehr, die größte der Insel und gingen wie gewohnt in den Keller.

Im Pathologie-Raum stand der neue Chefarzt. Eine Schönheit, dachte Alex und machte einen kapitalen Fehler: er begann zu stottern. Exakt das Gleiche hatte er am Tag des Kennenlernens von Angelos getan.

„Nika …, Nikakis. Wir ermitteln. Ich bin Alex und das hier ist mein Kollege Angelos!"

„Ehemann!", knurrte Angelos.

Nächster Fehler.

„André Silva", stellte sich der Mann vor, der Ende zwanzig sein musste. Und ein Lächeln zum Niederknien hatte.

„Gebürtiger Portugiese, daher der Name!"

„Schauen wir uns vielleicht jetzt die Leiche an?", knurrte Angelos.

„Oh, Ihr Kollege ist wohl heute gereizt?"

„EHEMANN", sagte Angelos nun etwas lauter.

„Na, da sind wir schnell fertig. Sie ist aus dem fünften Stock gestürzt. Die meisten inneren Organe beschädigt. Multiple Schädelbrüche!"

„Heißt, sie ist mit dem Kopf zuerst aufgekommen?", fragte Angelos. „Wie viele Selbstmörder haben Sie denn schon obduziert?

„Das ist mein erster!"

„Tja. Dann wollen wir mal nachsichtig sein. Ein Selbstmörder springt nie mit dem Kopf voran. Instinkt. Und bei geringer Höhe dreht sich der Körper auch nicht. Bedeutet: jemand hat sie – um sicherzugehen – hochgehoben und mit dem Kopf zuerst vom Balkon geschmissen. Oder wahrscheinlicher: an den Füßen gehalten und losgelassen", knurrte Angelos.

„Angelos, sei doch ein …"

„Lass gut sein, Alex!"

„Weiter. Sonst noch etwas?"

Silva war nun sichtlich kleinlaut.

„Nein!"

„Nein? Schauen Sie sich doch mal die Hände an. Fällt Ihnen etwas auf?"

„Nein!"

„Himmel. Wo haben Sie denn Ihre Prüfung gemacht. Das sieht doch ein Blinder!"

„Ich sehe nichts!"

„Die Fingernägel! Neun sind unlackiert. Einer ist lackiert. Welche Frau lackiert sich einen Fingernagel und begeht dann Selbstmord?", fragte Angelos.

Alex besah sich die Hände und musste Angelos recht geben. Es war Mord und sein Instinkt hatte ihn nicht getrogen.

Wieder einmal. Dennoch hätte er den Neuen nicht verbal so in den Boden rammen müssen. Jeder muss sich seine Sporen erst verdienen.

„Gehen wir", sagte Angelos.

„Hat mich gefreut, André", sagte Alex.

„Vielleicht kommen Sie das nächste Mal ohne Ihren gereizten Ehemann!"

Als Alex und Angelos gegangen waren, grinste Silva breit in die Kamera.

Im Auto war es totenstill. Und das hieß für Alex: am besten Klappe halten.

Auch auf dem Weg zum Rathaus stapfte Angelos vorneweg.

Der Bürgermeister saß zusammengesunken hinter seinem Schreibtisch. Die Gerüchte-kette hatte ihr Ziel schon erreicht.

„Hallo, ihr zwei. Ich kann es nicht glauben. Erst wird meine Tochter ermordet und dann begeht meine Frau Selbstmord. Ich meine, wir hatten uns zwar getrennt, aber an Scheidung eigentlich nicht gedacht. Sie brauche nur Zeit, um über den Tod unserer Tochter zurechtzukommen."

Da sagten die Inselquellen zwar etwas anderes, aber dies würde der Bürgermeister schon noch erfahren.

„Sie hat keinen Selbstmord begangen, sie wurde vom Balkon gestoßen", sagte Angelos direkt.

„Auch wenn unser neuer Pathologe etwas anderes gesagt hat. Aber er ist wohl mehr schön als kompetent. Es gibt nicht den geringsten Zweifel."

Christeas sah ihn entgeistert an.

„Mord?" Nach meiner Tochter jetzt auch noch meine Frau?"

„Der gleiche Täter ist es meiner Meinung nach nicht", sagte Alex.

Die meisten Taten sind Beziehungstaten. In 90% aller Fälle ist es der Freund, der Ehemann oder ein Verwandter. Der Bürgermeister war bis 23.00 Uhr in einer Sitzung, kommt also nicht infrage, insofern konnte sich Angelos die unangenehme Frage sparen. Er hatte Maria im Vorzimmer diskret befragt.

Und der neue Freund? Nun, hier wären die Gerüchte einmal für etwas gut. Es würde nicht lange dauern, bis sie den Namen hatten.

Blieb nur die Standardfrage: „Hatte Ihre Frau Feinde?", fragte Alex.

Christeas schüttelte den Kopf.

„Ach was."

Damit war die Richtung aber klar.

„Dann wollte man Sie treffen, Bürgermeister!"

„Mich? Langt denn der Tod meiner Tochter nicht?"

„Nicht bei jemand, der einen vernichten will. Aber dazu muss der Hass schon sehr ausgeprägt sein", sagte Angelos.

„Also, Feinde?"

Christeas lachte.

„Als Bürgermeister trete ich jeden Tag jemandem auf den Schlips. Es gibt Hunderte, die sauer auf mich sind. Jeder, dem ich eine Strafe wegen Schwarzbauen aufgebrummt habe. Und das sind nicht wenige. Alle, von denen Grundstücke enteignet wurden für den Straßenbau!"

Oder einen Hotelbau, dachte Angelos.

„Ein Racheakt? Das wäre ja wie bei ihnen!"

„Genau das", sagte Angelos.

„Bürgermeister, machen Sie uns eine Liste all derjenigen, die Ihnen besonders grollen oder Sie hassen. Wir haben eine ähnliche Liste. Wenn wir sie vergleichen, kommen wir dem Täter eventuell näher."

„Und vielleicht sollten Sie Polizeischutz in Anspruch nehmen!"

Christeas lachte.

„Jonas soll mich bewachen? Da ist die Gefahr größer, dass er mich erschießt!"

Da hatte er recht.

„Sie könnten auch bei uns wohnen", schlug Angelos vor. Alex starrte ihn verblüfft an.

„Das ist sehr freundlich, Angelos, aber ich renne nicht davon, das bin ich noch nie. Ich bin sicher, ihr zwei kommt dem Mörder schnell auf die Spur. Bis dahin passe ich halt auf. Eine Waffe habe ich ja!", antwortete Christeas.

„Sie haben eine Waffe?", fragte Alex.

„Hat jeder Bürgermeister!" Er griff in die Schublade. „Baujahr 1935."

„Und seitdem bestimmt nie geölt. Unter keinen Umständen damit schießen, sonst haben Sie einen Arm weniger!"

33

Zuhause in Ornos war der Teufel los.

„Hat mich gefreut", äffte Angelos Alex nach.

„Was ist denn los?", fragte Alex.

„Was los ist? Fünf Tage lang habe ich dich jede Minute vermisst. Jede Minute! Dann kommst du und am nächsten Tag läuft dir ein halbwegs passabel aussehender Kerl über den Weg und du fängst das Stottern an."

„Oh Gott. Du bist eifersüchtig auf den Chefarzt?"

„Nein. Das letzte Mal als du gestottert hast, war am Tag unseres Kennenlernens. Ich kenne das Signal. Eifersucht? Nein. Maßlose Enttäuschung. Kollege. Ich bin also ein Kollege! Vielen Dank. Nun kenne ich meinen Platz", brüllte Angelos.

Alex stand da wie ein begossener Pudel. Er hatte tatsächlich auf André reagiert. Zum ersten Mal seit er Angelos kennengelernt hatte, gefiel ihm ein anderer Mann. Und der „Kollege" war ein dummer Fehler.

„Bitte, Angelos. Der ‚Kollege' war ein Fehler. Aber bei Ermittlungen stellen wir uns öfters so vor. Und ja, ich habe gestottert, weil er zugegeben ein attraktiver Mann ist. Aber das hat doch nichts mit dir zu tun!", antwortete Alex. „Ich kenne dich. Wenn du stotterst, dann hast du dich verschossen!"

„Verschossen? Ich soll mich verliebt haben? In einen Mann, den ich eine Minute gesehen habe?"

Vollkommen falscher Text. Bei Angelos hatte es auch keine Minute gedauert, bis er sich verliebt hatte.

Und so legte Angelos nur den Kopf quer.

„Entschuldige, Angelos. Das war jetzt dumm von mir!"

„Nicht das einzige Dumme heute. Hast du mich überhaupt vermisst in Saloniki? Wahrscheinlich bist du mit deinem neuen Richterfreund auf Partytour gegangen!"

Angelos steigerte sich immer weiter hinein.

„Ich war dort oben, weil ich dir helfen wollte. Und ich habe dich mindestens zehn Mal angerufen, nur um deine Stimme zu hören! Also Chalaroste, para kalo!"

Beruhige dich, bitte.

„Ich soll mich beruhigen? Du baggerst in meiner Gegenwart einen anderen Mann an! Und erwähnst mit keinem Wort, dass ich dein Ehemann bin!"

Habe ich André angebaggert? Ich war freundlich, obwohl er sich als inkompetent erwiesen hatte. Wäre er hässlich gewesen, hätte ich ihn zerlegt.

„Ich habe André nicht angebaggert", sagte Alex. Nächster Fehler!

„Ach, jetzt heißt er schon ‚André'!"

Alex war vollkommen irritiert. Dass er selber eifersüchtig war, kannte er. Aber dass Angelos einmal eifersüchtig werden könnte, stand nie auf seinem Zettel. Die Situation war ihm unbekannt und deswegen wusste er nicht, wie er reagieren sollte.

„Ich entschuldige mich, wenn ich dich verletzt haben sollte", sagte Alex.

„Das hilft mir nichts. Wenn du dich so schnell neu verliebst, dann …", antwortete Angelos leise.

„Um Gottes Willen, Angelos. Was redest du da? Ich soll mich neu verliebt haben? Das ist doch lächerlich. Ich liebe nur einen und der bist du!"

Alex ging auf Angelos zu, aber der wich zurück.

„Alex, ich kenne dich. Es ist der gleiche Ablauf wie an jenem Abend, als wir uns kennenlernten. Du magst es selbst nicht erkennen, aber es ist so. Und wenn du mich vor Anderen als ‚Kollege' bezeichnest, ist das mehr als verletzend. Aber was soll ich da machen? Es ist halt passiert", flüsterte Angelos.

Alex wurde eiskalt. Er bekam Angst. Was redet Angelos da? Ja, er hatte Fehler gemacht. Kommt vor. Aber daraus herauszulesen, er würde Angelos nicht mehr lieben, war absurd.

„Ich habe dich noch nie betrogen", sagte Alex. Wieder der falsche Text.

„Ich vielleicht? Ich habe noch nicht einmal einen anderen Mann angelächelt!"

Was stimmte.

„Für mich gibt es keinen anderen als dich. Nun ist der Moment da, vor dem ich mich immer gefürchtet habe. Dass du einen anderen willst! Das ist dann wohl der Anfang vom Ende!"

Angelos strich sich durch die Haare und meinte mit traurigem Gesicht:

„Gut. Kollegen schlafen nicht zusammen in einem Bett. Ich gehe jetzt ins Gästezimmer!"

Alex stand wie gelähmt da.

„Bitte. Mehr als Entschuldigen kann ich mich nicht! Sag mir, was ich tun soll", sagte Alex, um den sich alles zu drehen begann.

„Und außerdem habe ich keine Lust auf Sex mit einem Mann, der sich an meiner Stelle einen anderen wünscht oder vorstellt!"
„Das würde ich nie, bitte beruhige dich!"
Aber da knallte die Türe des Gästezimmers schon zu.

34

Der Mann, der mit Saloniki telefoniert hatte
und auf Mykonos lebte, saß auf seinem Stuhl
am Schreibtisch und lachte.

Mehrmals hatte er sich die Aufzeichnung der
Szene in der Pathologie angesehen. Und sich
amüsiert.

Das hatte André wirklich gut gemacht.

Er hatte sein Kapital, sein Aussehen,
eingesetzt. Und der alte Nikakis ist darauf
angesprungen. Selbst gestottert hatte er.
Köstlich. Und das angefressene Gesicht des
arroganten Jünglings Angelos hatte sich der
Mann in Vergrößerung auf den Hauptbild-
schirm geholt.

Tja, Bedrohung von außen schweißt
zusammen. Aber Vertrauen zerstören, einen
Spaltpilz zu platzieren, war offensichtlich viel
effektiver.

Schade nur, dass er den weiteren Verlauf des
Streits nicht mehr mitbekam. Das hätte ihm
gefallen.

Schade auch, dass der junge Nikakis André
in wenigen Minuten durchschaut hatte. Es
nötigte dem Mann kurzzeitig Respekt ab.

Der Mann hatte nicht damit gerechnet, dass man die Leiche einer Selbstmörderin obduzieren würde. Der lackierte Fingernagel.

Auf was man als Mörder alles aufpassen musste.

Kein leichter Job, stellte der Mann fest.

Egal. Einen weiteren Namen auf seiner Liste konnte er abhaken. Alles in allem war er sehr zufrieden.

Aber er war noch nicht fertig.

Und das Beste war: bisher war er noch nicht auf dem Schirm der Ermittler.

35

An Schlaf war nicht zu denken im Hause
Nikakis. Alex saß in der Küche und fühlte sich
leer. Er begriff nicht, wie ihm geschah. Sicher,
er hatte dumme Fehler begangen.
Aber was Angelos hineininterpretiert, war
abwegig. Alex hatte der Mann zwar
gefallen, aber er würde niemals …
Ich muss mit ihm reden, dachte Alex und
ging die Treppe hoch.
Vor dem Gästezimmer hielt er kurz inne und
lauschte. Angelos schniefte. Er weinte.
Alex erschrak nun endgültig. Angelos weinte
selten – besser gesagt, nie. Alex´ Fehler
hatten sich in seinem Kopf zu einem Schnee-
ball verklumpt, der nun als Lawine hinunter in
die verstörte Seele raste. Es musste die Panik
sein. Panik, ihn, Alex zu verlieren.
Dabei war diese Panik Alex´ Spezialität.
Er war es, der von der Angst geplagt wurde,
Angelos könnte ihn verlassen.

Alex überlegte. Ihm kam eine Idee – und
verwarf sie gleich wieder. Es war mitten in der
Nacht. Egal.

Er würde Tomas aus dem Schlafzimmer
ziehen und die ganze Nacht arbeiten lassen.

36

Am nächsten Morgen stand Angelos auf.
Als er aus der Türe trat hing am Treppen-
geländer ein riesiger Luftballon mit der
Aufschrift „synchoréste me" – Verzeih´ mir. An
dem Ballon hing ein Zettel:
„Ich liebe nur dich. Ich werde dich nie alleine
lassen. Bitte warte auf mich. Bin Mittag
wieder da!!
PS: Um die Klinik mache ich einen Riesen-
bogen!"

Angelos hatte fast nicht geschlafen. Der
Ärger gestern hatte sich mit einem Alptraum
vereint und ihn vollkommen erschöpft. Er war
leer.
Als er den Luftballon sah, musste er dennoch
lächeln.

Erstaunt sah er hinab ins Wohnzimmer. Im
ganzen Raum hingen diese Luftballons.
Auch die Küche war voll damit.
Wo hatte er in der Nacht diese Ballons
aufgetrieben? Da muss er sich sehr
angestrengt haben.
Angelos hatte in der Nacht endgültig
begriffen, dass er ohne Alex nicht konnte.
Und diese ersten – an sich harmlosen –
Anzeichen, Alex könnte sich einen Neuen
suchen oder finden, hatten ihm den Boden
weggezogen. Es war die nackte Panik.
Er wusste nämlich nicht, was er ohne Alex
machen sollte. Angelos hatte keinen Plan B.
Sein gutes Aussehen täuschte darüber
hinweg, dass er Dinge erlebt hatte, mit
denen nicht jeder Partner umgehen konnte.
Alex schon. Angelos dachte an die vielen
Albtraumnächte, in denen sich Alex um ihn
gekümmert hatte.

Gegen Mittag kam Alex nach Hause und
war froh, dass Angelos noch da war. Der saß
noch immer in der Küche.
„Es tut mir leid, Großer. Du kannst es ja
überall lesen. Und damit es jeder weiß",
er zeigte seine zwei Unterarme, auf denen
auf der Oberseite in groß stand: „Angelos".

Angelos starrte auf die Tätowierungen und schüttelte den Kopf.

„Es gefällt dir nicht? Jetzt ist es zu spät", sagte Alex.

„Nein, es gefällt mir sehr. Es tut mir leid. Ich bekam gestern Panik. Ich bin mich deiner so sicher, dass mich die Szene in der Klinik vollkommen aus der Bahn geworfen hat. Ich habe gemerkt, dass ich um dich kämpfen muss. Ich war mir zu sicher. Aber das ist mein Fehler!"

„Du brauchst nicht um mich kämpfen. Ich bleibe kampflos bei dir. Weil ich dich liebe. Und stelle das nie mehr in Frage. Ich passe dafür auf, dass ich keinen Blödsinn mehr rede. Alles wieder in Ordnung?", fragte Alex. Angelos nickte. Alex konnte sehen, wie erschöpft er war.

„Alptraumnacht?"

„Ja."

„Komm her!"

Alex drückte Angelos so fest er konnte.

Sein Mann, das Rätsel.

„Und ich verspreche dir, dass ich die Klinik nie mehr betrete", flüsterte Alex Angelos ins Ohr.

„Und was machen wir mit den Luftballons?"

„Die lassen wir hängen. Als Erinnerung daran, dass ich mit Tomas vier Stunden Ballons

bedruckt und aufgeblasen habe", sagte
Alex.
„Und deswegen muss ich jetzt sofort ins Bett.
Mit zwei Schmerztabletten. Das Tätowieren
tut echt weh!"

37

Angelos betrachtete Alex von seiner Bett-
seite aus. Die Tattoos. Groß. Und eindeutig.
Ein Zeichen an ihn und andere.
So etwas macht man nicht, wenn man damit
rechnet, dass es auseinander geht.
Hoffte er, denn ansonsten würde er in den
Abgrund blicken. Einen Abgrund, den Ange-
los schon kannte, aus der Zeit vor Alex.
Er hätte sich gerne an seinen Mann
gekuschelt, aber die Tattoos taten offen-
sichtlich noch weh.
Alexandros, angelos mou!
Alex, mein Engel.
Der größte Feind der Liebe ist die Lange-
weile. Und die hatte keine Chance vom
Leben der beiden Besitz zu ergreifen.

Eine Minute später brummte Alex´ Handy. Der erste Morgenfluch.

„Hallo? Giorgos? Ich bin noch nicht ganz da", antwortete Alex.

„Um zehn? Was für Arbeitszeiten habt ihr denn auf Mykonos?"

„Gar keine. Du vergisst, dass wir keine Kommissare mehr sind", sagte Alex.

„Nun, damit ist es jetzt vorbei. Wir haben Kiriakos unter Beobachtung. Offensichtlich soll übermorgen eine große Lieferung Heroin im Hafen eintreffen. Wir planen eine große Razzia. Folgendes ist das Problem: Vorausgesetzt, die Razzia verläuft erfolgreich, sind wir damit beschäftigt, die Hintermänner und die Straßendealer dingfest zu machen. Plus Spurensicherung. Du weißt ja, was da bei einer großen Razzia dranhängt. Was ich sagen will: ihr braucht Informationen, die für uns keine Priorität haben. Die Verbindung zu dem Anrufer auf Mykonos oder den Geldfluss. Es könnte Wochen dauern, bis wir sie finden. Außerdem fehlt uns das Detail-wissen. Mein Angebot: Ihr könnt an der Razzia teilnehmen und dann so lange in Kiriakos´ Büro stöbern, bis wir die gröbste Arbeit draußen erledigt haben."

„Wann sollen wir in Thessaloniki sein?", fragte Alex.

„Spätestens um 14.00 Uhr. Früh aufstehen, Alex. Und gib Angelos ein Küsschen von mir!"

„Aber wir beide halten uns im Hintergrund. Ich möchte nicht in einem Kugelhagel in Thessaloniki sterben", antwortete Alex.

„Du willst sagen, du möchtest Angelos nicht in der Schusslinie haben. Dabei war er früher der Erste vornedran", sagte Giorgos.

Ja. Weil zu der Zeit wahrscheinlich sterben wollte. Oder es zumindest in Kauf nahm.

Jetzt hat er etwas zu verlieren. Mich.

Sein neues Leben.

„Keine Sorge. Mit euch können wir den Übertragungswagen besetzen. Dann bis übermorgen."

Alex schaute Angelos an.

„Großer, wir müssen zurück an deine alte Wirkungsstätte. Sonst klären wir die beiden Morde nie."

„Und haben auch keine Ruhe. Aber endlich tut sich etwas!"

38

„Ich hasse Thessaloniki", knurrte Alex, als er und Angelos im Chaos des Flughafens steckten. Seit einer Dreiviertelstunde warteten sie auf ihr Gepäck.

„Und ich liebe meinen Brummbär", flüsterte Angelos Alex ins Ohr.

Als sie endlich das Zentrum des Irrsinns verlassen hatten, erwartete sie ein Polizeiwagen, der sie ins Präsidium brachte.

Dort geleitete sie ein Beamter in den Besprechungsraum.

Angelos und Giorgos fielen sich in die Arme.

„Danke, Giorgos! Du bist ein guter Freund!", sagte Angelos.

„Gern geschehen. Hoffentlich kommt ihr heute ein Stück weiter. Übrigens: dein Mann ist nicht nur nett, sondern auch klug und mutig!", antwortete Giorgos.

„Sonst hätte ich ihn … Moment Mal. Wieso mutig?", fragte Angelos.

„Er wäre fast erschossen worden, als er versuchte, deinen Bruder reanimieren!"

Das hatte Alex nicht erzählt.

„Er wollte dich wahrscheinlich nicht beunruhigen. Aber bitte verrate mich nicht", sagte Giorgos.

Mit seinem leisen Verdacht, Alex habe seinen Bruder vielleicht doch – zu Recht – erschossen, lag er also vollkommen daneben. Und Alex hatte sich in Gefahr gebracht – nur wegen ihm, Angelos. Wie konnte ich nur an ihm zweifeln?

„Meine Herren, wir haben heute zwei Gäste. Den einen kennen einige vielleicht noch, Hauptkommissar Angelos Nikakis. Er war früher bei uns. Und sein Kollege und Ehemann Alexandros Nikakis, Kommissar aus Mykonos!" Es folgte eine Mischung aus freundlichem ‚Hallo' und Getuschel. Das Übliche.

„Sie unterstützen uns, arbeiten aber an einem anderen Fall. Ich möchte klarstellen, dass ihnen so geholfen wird, als gehörten sie zu uns! Alles klar?"

Der Saal nickte.

„Gut. Und jetzt zur Sache: Wir erwarten heute eine große Lieferung an Heroin auf einem Frachter namens ‚Calypso' – natürlich aus Panama."

Die meisten Schiffe auf den Meeren schienen heutzutage aus Panama oder Liberia zu stammen.

„Die Information stammt von einem unserer Undercoveragenten. Die ‚Calypso' wird in zwei Stunden einlaufen. Wir haben sie nicht auf See gestoppt, weil wir die Hintermänner in Thessaloniki erwischen wollen. Sie fährt also in den Hafen ein und wird entladen. Ich denke, dass unsere Freunde den Container in der Nacht entladen wollen. Heißt: wir sollten gegen 2100 bereit sein und hoffen, dass die Herren auch nicht die ganze Nacht im Hafen verbringen möchten. Das wäre es!" Gelächter.

Alex und Angelos zogen ins gleiche Hotel, indem zuvor Alex schon übernachtet hat.

„Es war wohl doch gefährlicher als du mir erzählt hast", sagte Angelos.

„Ich hatte ja keine Chance. Als ich zur Türe hereinkam, hast du mir die Kleider vom Leib gerissen und danach kam diese unsägliche Szene in der Klinik", rechtfertigte sich Alex.

„Schon gut. War doch kein Vorwurf. Im Gegenteil. Es war dumm von mir, an dir zu zweifeln!"

„Von meiner Seite aus ist das alles vergessen!", sagte Alex.
„So – und was machen wir jetzt solange, bis es losgeht?", meinte Angelos und grinste.

39

„Also hier im Wagen ist es deutlich gemütlicher als auf einem Hausdach", sagte Alex.
„Ja. Und mir ist wichtig, dass, wenn die Kollegen reinkommen, du nicht gerade zwischen meinen Beinen kniest", antwortete Angelos.
„Du tust so als wäre ich …", begann Alex.
„… ein Nimmersatt! Und nach einer kurzen Pause fügte er hinzu: „Gott sei Dank."

Eine Stunde später sagte Angelos:
„Sag mal, riechst du das auch? Hier riecht es irgendwie verbrannt, oder?"
„Ich rieche nichts", sagte Alex.

„Schalt auf die Außenkamera hinten!",
brüllte Angelos. Nichts. Schwarz.

„Ein Brandsatz. Nicht die im Hafen, sondern
wir sind in Gefahr!"

„Zentrale an alle: Eisatzwagen wird ange-
griffen. Brauchen dringend Hilfe!"

Der Brandgeruch wurde stärker und der erste
Rauch drang in den Wagen.

Greift man den Einsatzwagen an, bricht die
gesamte Kommunikation zusammen. Und
alle kommen zu Hilfe und im Hafen kann
unbemerkt entladen werden. Nicht dumm.
Leider tödlich für uns, dachte Alex.

„Hinten können wir nicht raus. Da warten sie
bestimmt. Hierbleiben können wir auch
nicht."

Angelos zog sein Shirt aus, zerriss es in zwei
Teile und kippte eine Flasche Wasser
darüber.

„Vor den Mund halten! Wir können nur aus
der Dachluke raus und nach vorne. Wenn sie
nahe an der hinteren Türe stehen, passt der
Winkel nicht", brüllte Angelos.

Der Rauch wurde immer dichter.

Angelos stieg auf den Stuhl. Es war eine
Klappe zum Schieben. Er hätte jubeln
können.

„Ich klettere raus. Du stellst dich auf den Stuhl, damit du Luft bekommst. Aber du gehst nicht raus! Keine Diskussion! Basta."

Alex hatte schon auf Autopilot geschalten. Angelos war bereits auf dem Dach. Wenn sie Schützen in den Gebäuden haben, ist er tot, dachte Alex. Doch Angelos erreichte die Frontscheibe und ließ sich nach unten gleiten.

Aber im Inneren des Wagens wurde es brenzlig. Zwar konnte Alex durch die Luke besser atmen, aber andererseits stand er mitten im Rauchabzug. Mach schnell, dachte Alex.

Dann hörte er mehrere Salven aus Automatikpistolen. Alex hasste automatische Waffen. Jeder Idiot kann damit treffen.

Plötzlich wurde die Türe geöffnet. Alex zog die Waffe.

„Nicht schießen. Ich bin´s, Giorgos! Los, raus hier!"

Alex krabbelte auf dem heißen Boden zur Türe und ließ sich dann hinausfallen.

Als er Angelos sah, der sich über ihn beugte und streichelte, wusste er: es war wieder einmal gutgegangen. Nachdem er von der Feuerwehr eine Sauerstoffmaske verpasst

bekommen hatte, erholte sich Alex zuse-
hends.

„Von wegen unser Leben wird ruhiger",
hustete er mehr als er sagte.

Angelos lächelte nur.

Es war Giorgos zu verdanken, dass sie über-
lebten. Er hatte entschieden, einen Block
weiterzulaufen und von hinten anzugreifen.
So konnte er die zwei Schützen, die nur drei
Meter hinter dem Wagen standen, neutrali-
sieren. Der Wagen war zwischenzeitlich
vollkommen ausgebrannt.

40

Doch die Strategie des Angriffs an einer anderen Stelle ging nicht auf. Giorgos hatte das Risiko auf sich genommen, alleine zum Einsatzwagen zurückzulaufen.

Der Rest der Einsatzkräfte konnte Kiriakos´ Leute ausschalten. Hieß: erschießen. Kiriakos hingegen konnte fliehen.

Um den Lagerschuppen, der gleichzeitig Kommandozentrale des Drogenhändlers war, herrschte Chaos. Leichenwagen, Krankenwagen, Spurensicherung.

„Danke, Giorgos", sagte Angelos.

„Na, ein so schönes Pärchen konnte ich doch nicht verbrennen lassen!"

Er lachte.

„Ihr könnt in Kiriakos´ Büro und stöbern, bevor unsere Leute kommen. Viel Glück."

Das Innere war eher ein High-Tech-Raum, denn eine Gangsterhöhle.

Kein Wunder, dass sie sich breitmachen. Bei der technischen Überlegenheit kann die Polizei gar nicht hinterherkommen, dachte Alex. Und Angelos stöhnte.

„Grundgütiger. Am Besten suchen wir zuerst nach Konten. Telefonverbindungen dauern und außerdem befürchte ich, dass …"

„ … der andere ein Satellitentelefon hat", ergänzte Alex.

„Zwei Körper, ein Hirn!", sagte Angelos lachend.

„Aber Kiriakos wird nicht so dumm sein und seine geheime Buchhaltung offen auf dem Computer führen", meinte Alex.

„Die Drogengeschäfte interessieren uns nicht. Der Betrag, den wir suchen, fällt unter Peanuts. Also wird er diesen vielleicht ordentlich verbucht haben, denn er braucht ja auch Posten in den offiziellen Büchern. Weit zurückgehen brauchen wir ja nicht. Maximal sechs Wochen, oder was meinst du?"

Alex nickte.

„Wir hatten heute schon so viel Glück, noch mehr wäre mir unheimlich!"

Zwei Stunden später saßen die beiden ziemlich ratlos da. Sie hatten nichts gefunden. Keinen Krümel.

Die letzte Hoffnung war Kiriakos. Aber der war bestimmt schon in Bulgarien. Oder sonst wo. Die Telefonverbindungen würden nichts bringen. Ein Satellitentelefon lässt sich nicht exakt lokalisieren.

„Ich befürchte, wir finden ihn nie", sagte Alex.

„Aber wir müssen. Nicht nur wegen der zwei Morde. Sondern wegen uns. Wer immer auch dahintersteckt, er wird uns nicht in Ruhe lassen. Wir geben nicht auf!"

In Momenten, in denen Alex sonst die Segel gestrichen hätte, war es nun Angelos, der ihn mitzog.

41

Später stieß Giorgos zu ihnen.

„Gute Nachrichten. Wir haben in seinem Privathaus einen Safe gefunden und geöffnet. Darin waren USB-Sticks mit Konten- und Zahlungsaufstellungen. Ich habe sie auf CD brennen lassen. Vielleicht findet ihr darauf etwas!"

„Du bist der Größte, Giorgos. Hätte ich nicht schon einen Mann, würde ich dich glatt heiraten", sagte Angelos.

„Da hätte meine Frau was dagegen – und ich auch!"

„Alex, das können wir uns doch im Zimmer ansehen. Gemütlicher als hier!"

Alex nickte heftig. Er war todmüde.

Sie gingen die kurze Strecke zum Hotel.

„Gott sei Dank hast du den Brandgeruch bemerkt", sagte Alex. „Als du den Kopf aus der Luke gesteckt hast, hatte ich fast einen Infarkt vor Angst!"

„Ich hatte auch Angst. Aber mein Job ist, es dir nicht zu zeigen. Zwei Zitternde kommen selten davon", antwortete Angelos.

Im Zimmer ließen sie sich erstmal auf die Couch fallen.

„Alex, wir müssen uns die CD anschauen. Wir können es nicht zuhause machen. Wir verlieren sonst noch einen Tag!"

„Ist ja gut", knurrte Alex.

„Nach was suchen wir? Bitte genaue Anweisungen. Ich bin nicht mehr auf der Höhe!"

„Ein bekannter Name oder aber ein Absender, der auf Mykonos oder Naxos sitzt.

Viele legale Geschäftspartner wird ein Drogenhändler auf Mykonos nicht haben!", sagte Angelos.

Alex lachte laut.

„Was immer ‚legal' auf Mykonos bedeutet!"

„Nur Beträge zwischen 10.000 und 100.000. Alles andere ist unwahrscheinlich", fügte Angelos hinzu.

Es war mittlerweile zwei Uhr morgens.

Und Alex war gerade am Einnicken, als Angelos rief: „Alex! Aufwachen!"

„Ich habe überhaupt nicht …"

„Schon gut. Schau her!"

Auf dem Bildschirm stand über Angelos Finger:

„10.04.17 50.000 Bakakis Kerkira Construction Ltd.

Zweck: Auftrag 0305!"

Angelos lächelte breit, aber Alex erkannte nichts Besonderes.

„Was ist denn daran auffällig? Ein Konto auf Korfu, das ist in der Adria. Was hat das mit uns zu tun?"

„Jetzt sollte ich aber sauer sein. 0305. Das ist unser Hochzeitstag", sagte Angelos.

„Und irgendwoher kenne ich den Namen Bakakis. Wir brauchen Maria!"

„Großer, es ist drei Uhr morgens. Du kannst unmöglich um die Zeit anrufen."
„Du hast recht. Himmel, wenn es mir nur einfallen würde!"
„Dein Gehirn hat bis morgen Mittag Zeit, dann sind wir wieder zuhause!", sagte Alex.

42

Sie saßen im Flugzeug und waren auf dem Rückflug nach Mykonos. Kurz vor der Landung rief Angelos:
„Ich hab´s. Ich weiß, woher ich den Namen kenne! Himmel, wann landen wir denn endlich? Frag jetzt nicht, Alex. Ich muss nachdenken und wir brauchen Maria!"
Nicht stören beim Denken. Das hatte Alex schon gelernt.
Sie saßen in Reihe 17 und es dauerte, bis die Passagiere vor ihnen samt Handgepäck das Flugzeug verlassen hatten. Und Angelos flippte fast aus.

Endlich waren sie im Terminal. Er griff sofort zum Handy.

„Maria? Hier Angelos!"

„Hallo Schöner. Du bekommst bald ´ne Standleitung zu mir."

„Maria, hör zu! Du musst jetzt vorsichtig sein bei den Antworten. Am besten nur ‚Ja' oder ‚Nein' sagen!"

„Kommt Jonas´ Freundin aus Korfu?" – „Ja".

„Heißt sein Schwiegervater in spe Bakakis?" „Ja!"

„Danke, Maria. Das Gespräch hat nie stattgefunden", sagte Angelos.

43

Alex stand im Terminal wie vom Donner gerührt. Jonas? Der Vollpfosten Jonas? Er soll hinter all dem stecken? Das hätte Alex ihm nicht zugetraut. Auch keinen Mord beziehungsweise zwei Morde.

Sicher. Er hasste Alex und Angelos wie die Pest. Als Alex als Kommissar kündigte, sah Jonas sich schon als zukünftigen Kommissar. Dann teilte ihm der Bürgermeister lapidar mit, dass er gar nichts würde. Kapitalverbrechen würden von den beiden Ermittlern Alex und Angelos übernommen. Er, Jonas, würde zwar der Leiter der Polizei, aber bei gleichem Gehalt.

Zweifellos: Jonas hasste Angelos und Alex. Und ich habe diesen Hass noch befeuert, dachte Alex. Bei jeder Gelegenheit habe ich ihn gedemütigt.

„Jonas? Ich hätte an jeden anderen gedacht, nur nicht ihn … Dafür ist er …"

„Zu dumm? Die Fakten sprechen gegen ihn. Dennoch: der Plan war zu raffiniert für ihn. Und ein Mörder ist er – denke ich – auch nicht. Aber sind wir doch zufrieden. Wir haben zumindest einen Ansatzpunkt. Das ist ein enormer Fortschritt", sagte Angelos.

„Gericht? Durchsuchungsbefehl?", fragte Alex.

„Genau das", antwortete Angelos.

Im Gericht bekam Richter Mantzaris den Mund nicht mehr zu.

„Jonas soll hinter all dem stecken? Und Sorbas und Frau Christeas ermordet haben? Ich hätte wetten können, er ist dafür zu blöd. Oder hätte wenn, haufenweise Beweise an den Tatorten hinterlassen!"
Er stöhnte.
„Ausgerechnet der Leiter der Polizei. Das wird überhaupt nicht gut aussehen!"
„Bei allem Respekt. Die Angehörigen der Opfer sehen garantiert schlechter aus. Und mein Mann im Gefängnis war auch kein schöner Anblick", sagte Alex.
„Schon gut. Ich dachte, ich hätte schon alles erlebt. Ich nehme an, ihr wollt einen Durchsuchungsbefehl?"
„Mit Vergnügen", antwortete Angelos.
„Aber in einem gebe ich dir Recht, Richter. Ich glaube nicht, dass Jonas der Kopf hinter allem ist. Vielleicht bringt uns die Durchsuchung weiter!"

44

„Was meintest du mit ‚Jonas ist nicht der Kopf‘?"

„Natürlich sind nicht alle Kriminellen hoch-intelligent. Auch Dumme sind zu Verbrechen fähig. Nur: Allein die DNA-Idee und deren Ausführung. Nein, nein. Und dann die Verbindung zu Kiriakos. Ein Drogenhändler, der sich von einem Polizeibeamten für eine Straftat bezahlen lässt? Nein, Alex. Da steckt jemand anders dahinter. Aber frag mich nicht, wer. Lass uns die Durchsuchung abwarten. Die macht dir bestimmt auch so genug Freude", sagte Angelos.

Und da hatte er Recht. Die Verhaftung von Angelos, vor allem die Art und Weise, würde er Jonas heimzahlen. Kurz hatte er daran gedacht, ein Päckchen Kokain bei ihm zu „finden", doch Angelos widersprach vehement.

„Keine deiner Spezial-Methoden. Den kriegen wir auch so!"

Jonas wohnte mit seiner Freundin in Ftelia und Alex pfiff die ganze Strecke vor sich hin. Sie parkten vor dem Haus und begaben sich zur Türe.

Im Inneren tobte offensichtlich ein größerer Streit. Es war auch Frau Bakakis, die die Türe öffnete.

„Schön, dass Sie da sind. Dann können Sie diesen Idioten gleich mitnehmen!"

„Genau das haben wir vor", sagte Alex.

„Gut so! Jonas! Besuch!"

Als Jonas aus der Küche kam, entgleiste ihm das Gesicht.

„Was wollt ihr Schwuchteln denn hier? Sollte der nicht im Gefängnis sitzen?"

Jonas zeigte auf Angelos.

„Die beiden Schwuchteln haben einen Durchsuchungsbefehl. Und der Haftbefehl kommt in Kürze hinzu. Du kannst dir vorstellen, was für eine Freude es für mich ist", sagte Alex.

„Frau Bakakis, würden Sie uns bitte alleine lassen?"

„Kein Problem. Hier komme ich eh nicht mehr her!"

„Sehr schön! Darf ich?", fragte Alex Angelos.

„Nur zu!"

Alex packte Jonas am Revers. „Du elendes Dreckschwein!". Es folgte eine Kaskade von Schlägen, bis Jonas aussah, als wäre er unter einen Laster geraten.

„Hör auf, Alex. Er hat genug. Wir haben Wichtigeres zu tun", sagte Angelos.

„Entschuldige. Das musste sein. Hand-schellen?"

„Ach was! Der ist doch bedient. Lass uns anfangen.

Groß war das Haus nicht. Besonders vorteil-haft: wie viele Häuser auf Mykonos gab es keinen Keller, denn darunter lag Felsen. Und groß Rücksicht auf die Einrichtung nahmen Alex und Angelos nicht. Angelos nahm sich die Schachtel mit Kontoauszügen und Papieren vor. Doch unter den Unter-lagen der Bank fand sich keine Überweisung nach Korfu. Entweder lief alles über das Konto der Lebensgefährtin oder aber der große Unbekannte hatte die 50.000 selbst angewiesen.

Alex fand unter dem Bett eine Schachtel mit Geld.

„Knapp 40.000, würde ich sagen", meinte Alex. „Von 685 Euro Gehalt kann man sich das nicht ansparen."

„Und ich bin mir sicher, dass in den letzten vier Wochen ein größerer Betrag hinzukam", sagte Angelos.

„Wo ist das ganze Geld her?", fragte er Jonas. „Mit euch rede ich nicht. Ihr seid eine Schande für die Polizei!"

„Handschellen, Alex!", rief Angelos.

„Alex, wo bleibst du?"

Keine Antwort.

Plötzlich stand Alex im Türrahmen und grinste breit.

„Angelos! Komm her! Wir haben es!", schrie Alex. Im Bücherregal von Jonas standen natürlich keine Bücher, sondern Fotos.

Und auf einem davon sah man: Jonas, seine Freundin, eine weitere Frau.

Und: Aris Dimitriadis.

„Mich trifft der Schlag", meinte Angelos.

„Du hattest Recht. Das Ganze richtete sich nicht gegen dich, sondern gegen *mich*", antwortete Alex.

Denn Alexandros Nikakis hatte Aris´ Vater erschossen, nein: hingerichtet.

45

Aris legte das Telefon weg. Jonas´ Freundin
hatte Bescheid gegeben. Sie waren dagewesen. Alex und Angelos. Bei Jonas.
Und das waren keine guten Nachrichten.
Oder besser gesagt: die schlimmste aller
Nachrichten. Seit der Nachricht vom Tod
seines Vaters hatte ihn nichts so erschüttert
wie dieser Anruf. Denn Jonas würde plaudern. Daran bestand kein Zweifel. Auch
wenn sie seit der Schulzeit Freunde waren.
Schon bei dem Mord an dem jungen Sorbas
hatte sich Jonas fast in die Hose gemacht.
Und mit Sorbas hatte Aris nun gar kein Mitleid. Dieses Würstchen hatte auf einer Party
seine Freundin angebaggert und zwei
Wochen später Aris´ BMW vollständig
verkratzt. Todeswürdige Vergehen.

Bei Beihilfe zum Mord – und das würde man
Jonas vorwerfen – wird er alles versuchen,
um einen Deal zu bekommen.
Oder der Alte würde ihn erschießen.
So wie er es mit meinem Vater getan hatte.

Aris´ Vater war hochangesehen auf der Insel
– kein Wunder, ihm gehörte die größte Klinik

der Insel. Dann tat sich Papa Dimitriadis zusammen mit der rumänischen Mafia und ließ junge Menschen entführen – und deren Organe entnehmen.

Es war mehr als einträglich und dringend notwendig, um den hohen Lebensstandard zu sichern. Auch seinen eigenen.

Zwar war Aris nicht eingeweiht, aber er war alles andere als empört. Geld und Luxus waren seinem Vater wichtig – und ihm selber auch. Wer verzichtet schon freiwillig auf ein BMW Cabrio und ein Jetset-Leben, das er mit seinen 25 Jahren genoss. Zwar hatte er es mit ein bisschen Studieren versucht, seinem Vater zuliebe, es aber schnell hingeworfen. Seinen Vater hielt Aris immer wieder hin – mit „neuen Start-ups", die er gegründet und dann in den Sand gesetzt hatte.

Doch die beiden Schwuchteln funkten dazwischen. Nicht nur, dass sie den ganzen Laden auffliegen ließen, nein, sie töteten auch seinen Vater und fackelten das Haus ab. Beides war Alex. Und so beschloss Aris, dass er Alex das nehmen würde, was ihm am Wichtigsten ist. Das war nicht sein Leben, sondern Angelos.

Aris fand die Idee noch immer genial, hatte aber die beiden Ermittler unterschätzt.

Als er Jonas mit ins Boot holte, hatte er einen weiteren glühenden Nikakis-Hasser an seiner Seite. Leider war Jonas wie schon in der Schule nicht der Hellste. Aber er war zu allem bereit, um Alex und Angelos zu vernichten, einschließlich Mord.

Dennoch. Aris war nicht unzufrieden.

Gut, Angelos hatte sich herausgewunden, aber der Schreck saß bestimmt tief.

Und mit dem Mord an der Frau des Bürgermeisters hatte er seinem zweiten Todfeind einen Schlag verpasst. Nun galt es, wie geplant, diesen Ort hinter sich zu lassen.

Gott sei Dank hatte er bei Papa genügend Geld abgezwackt.

Und auch in Dubai würde man einen BMW Cabrio kaufen können.

46

„Ich baue Mist und du musst es ausbaden. Ich bin noch vollkommen fassungslos", sagte Alex.

„Vergiss es. Es gibt keinen Angriff auf einen von uns beiden, sondern nur auf uns zusammen. Und wir wehren uns zusammen.
Ich bezweifle, dass sich Dimitriadis hätte verhaften lassen. Außerdem hätten nur zehn Sekunden gefehlt, und diese Bastarde hätten mir die Hoden abgeschnitten. Da war Erschießen die einzig mögliche Strafe", antwortete Angelos lächelnd.

„Aber weißt du, was das Komische ist? Auf meiner Liste derjenigen, die infrage kommen, stand auch Dimitriadis. Durchgegangen sind wir die Liste aber nie!"

„Ich hätte ihn nicht in Betracht gezogen", sagte Alex.

„Rufen wir erstmal Maria an!", meinte Angelos.

„Hallo, Maria. Zuerst die Arbeit: Bitte Flughafen und Hafen informieren, dass sie Aris Dimitriadis festnehmen sollen. Dann einen Streifenwagen bei ihm in Ftelia vorbeifahren lassen, ob sein BMW dasteht. Aber sie sollen nicht halten, sondern weiterfahren zum Staudamm. Nicht, dass er Verdacht schöpft. Und jetzt die gute Nachricht: Du bekommst einen neuen Chef. Jonas sitzt in Hand- schellen auf unserer Rückbank!"

Den anschließenden Jubel hörte auch Jonas auf der Rückbank.

„Blöde Ziege!"

„Nein, Maria, der schöne Mann wird garan- tiert nicht dein neuer Chef", sagte Angelos und lachte.

„Hoffentlich ist er nicht schon längst weg", meinte Alex.

„Noch weiß er nicht, dass wir ihm mit Jonas nähergekommen sind. Außer …"

„ … dessen Freundin hat geplaudert", ergänzte Alex.

„Er könnte auch mit Kostas die Insel verlassen!" Kostas betrieb den privaten Heli- kopterservice.

„Dann ruf ihn bitte an und sag ihm, wenn Aris bucht, soll er Folgendes tun …", sagte Angelos.

Alex lachte.

„Und du glaubst, das funktioniert?"

„Er darf nur keine Waffe dabei haben. Also muss Kostas aufpassen, dass Aris auf jeden Fall durch den Security-Check muss.

47

„Ich nehme an, Jonas ist mehrere Stufen hinuntergefallen", sagte Richter Mantzaris.

„Genau so war es", antwortete Angelos grinsend. „Mein Mann, der Vulkan!"

„Verdient hat er es", sagte Alex.

„Ist Aris noch auf der Insel?", fragte Mantzaris.

„Sein Auto steht noch in der Einfahrt. Aber wir lassen ihn erstmal fliehen", sagte Angelos.

„Wie bitte?" Mantzaris schaute erstaunt.

„Wir erlauben uns einen kleinen Scherz, mit Kostas´ Hilfe. Aber er entkommt uns nicht" Angelos grinste.

„Gut. Ich verlasse mich auf euch. Was ich aber nicht verstehe, ist, was die Frau des Bürgermeisters damit zu tun hatte", bemerkte Richter Mantzaris.

„Das wissen wir auch noch nicht. Aber das wird er uns schon noch erzählen!"

„Bitte richtet ihn nicht so zu wie Jonas. Zwei Mal Treppensturz in einem Fall ist doch etwas unglaubhaft!"

„Ich würde ihn ja gerne erschießen", sagte Alex.

„So wie seinen Vater?", fragte der Richter leise.

„Ich sagte dir doch, es war ein Fehler, für alle drei Schüsse die gleiche Pistole zu verwenden", meinte Angelos lapidar.

„Ich bin ja nicht ganz dumm. In Dimitriadis´ Fall war es nachvollziehbar. Aber, Alex, bitte nicht nochmal. Du eignest dich nicht zum Mörder. Du machst zu viele Fehler!"

Mantzaris grinste.

„Es ist löblich, wenn du deinen Mann beschützen willst, aber ich glaube, Angelos kann ganz gut auf sich selber aufpassen!"

„Ehrlich gesagt, Richter, hat er mir mehrmals das Leben gerettet, als ich das Risiko falsch eingeschätzt hatte", widersprach Angelos. Und Alex freute sich über das unerwartete Lob seines Ehemannes.

„Wie auch immer. Der junge Dimitriadis wandert ins Gefängnis und nicht in den Sarg!", lautete die abschließende Anweisung des Richters.

48

„Dimitriadis? Ich dachte, den Namen muss ich in meinem ganzen Leben nicht mehr hören. Ich werde dir ewig dankbar sein, Alex, dass du den Alten erschossen hast. Er hat meine Tochter auf dem Gewissen. Und jetzt ist der Junge der Mörder meiner Frau?" Bürgermeister Christeas war außer sich.

„Nein. Der Mörder ist er nicht und den werden wir auch nie finden. Aber von ihm kam der Auftrag. Den Mord an Ihrer Frau werden wir ihm nicht beweisen können. Beim Mord an dem jungen Sorbas hängt es auch von der Aussage Jonas´ ab. Macht man mit ihm einen Deal, sagt er bestimmt gegen Dimitriadis aus", antwortete Angelos.

„Könnt ihr ihn nicht einfach erschießen?"

„Würde ich gerne. Aber der Richter hat es uns ausdrücklich verboten", sagte Alex mit einem Grinsen.

„Also standen wir drei auf seiner Racheliste!", meinte Christeas. „Nicht direkt, wenn ich es richtig verstehe. Er wollte uns den jeweils liebsten Menschen nehmen. Denn ich liebte meine Frau noch immer, auch wenn es andere Gerüchte gibt oder gab. Wir hatten nur eine Auszeit gebraucht, weil wir unterschiedlich um unsere Tochter getrauert haben."

„Ja. Wir verstehen aber nicht, warum Sie?", fragte Angelos.

Der Bürgermeister stöhnte.

„Letztendlich bin ich wahrscheinlich mit Schuld am Tod meiner Frau. Meine Wut und mein Drang nach Rache kannten keine Grenzen. Und ich habe sie an dem jungen Dimitriadis ausgelassen. Das Haus war ja nach dem Brand noch halbwegs in Ordnung. Es wurde aber schwarz gebaut. Also habe ich den Abriss verfügt."

„Den Schuh sollten Sie sich nicht anziehen. Aris war genauso kriminell wie sein Vater. Ein Taugenichts, der nur Geld ausgeben konnte. Es hätte ohnehin böse mit ihm geendet!"

„Na ja. Und die Versicherung hätte zwar trotz des Schwarzbaus gezahlt – sonst wären in ganz Griechenland die meisten Häuser unversichert, aber ich hatte denen mitgeteilt, dass die Behörden an Brandstiftung durch den Vater glauben. Die Versicherung hat nicht bezahlt. Und für einen Prozess hatte Aris kein Geld", sagte Christeas.

„Und musste deswegen in das kleinere Haus in Ftelia umziehen. Geld musste dennoch

noch dagewesen sein. Sein Lebensstil blieb der Gleiche. Und die Umsetzung des Plans war auch nicht gerade billig. Geld für den Mann in Saloniki, meinen Bruder, den Killer Ihrer Frau, Jonas …", antwortete Angelos.

„Der Brand wurde doch von Dimitriadis´ Vater gelegt, oder?", fragte Christeas.

„Sicher" sagte Alex.

Angelos hätte fast losgelacht, drehte sich aber rechtzeitig um.

„Und was passiert nun?", fragte Christeas.

Angelos und Alex erläuterten ihren Plan.

„Dann hätten wir noch ein Problem. Wer übernimmt die Leitung der normalen Polizei? Der Bürgermeister warf die Arme in die Höhe.

„Wenn ich einen Vorschlag machen dürfte", sagte Angelos.

„Nehmen Sie Maria. Sie hat uns immer geholfen und ist doppelt so intelligent als Jonas. Und eine Frau an der Spitze sorgt auch für gute Presse – und weibliche Stimmen bei der Wahl!"

Christeas grinste.

„Sag mal, Alex, wieso übernimmt dein Mann nicht gleich meinen Posten?"

„Weil ich ihn dann mit der Amtskette erwürgen würde!"

49

„Kostas hat angerufen. Dimitriadis hat wohl Wind bekommen von Jonas´ Verhaftung. Er möchte um 20.00 Uhr einen Hubschrauber bereit haben. Bis dahin verkriecht er sich irgendwo", sagte Alex.

„Mir macht die Beweislage Sorge. Jonas muss reden und wir brauchen von Aris ein Geständnis, sonst wird das alles mehr als mühsam. Den Haftbefehl von Mantzaris haut uns Naxos in 48 Stunden um die Ohren. Deswegen ist die Hubschrauber-Show vielleicht genau die richtige Idee.

Weichgekocht redet er", vermutete Angelos mit Zuversicht.

„Halt! Du musst Kostas noch einmal anrufen. Er darf nicht vor halb neun starten. Erst dann ist es dunkel. Er soll irgendwas faseln von ,Luftraum gesperrt' oder so!", fügte Angelos hinzu. „Aris muss jede Orientierung verlieren!"

Zwei Minuten später war auch dies erledigt.

„Noch eine Stunde bis er startet. Und nochmal vierzig Minuten, bis er landet.

Zu wenig, um nochmal nach Hause zu fahren", sagte Alex.

„Aber genügend Zeit, um deinen Traumprinzen zu verwöhnen. Leider können wir nicht auf den Tower!" Angelos grinste.
„Und schlag jetzt nicht das Gepäckband vor", antwortete Alex lachend.
„Na gut. Dann halt im Auto!" Angelos zog eine Schnute.
„Und außerdem: wer war nochmal in Saloniki, um dich zu retten?"
Angelos lachte.
„Schon verstanden. Dann fange ich mit *meinem* Traumprinzen an!"

50

Dimitriadis fuchtelte wild. Wahrscheinlich hatte er gerade erfahren, dass sich der Start verzögert. Es lebe Kostas. Alex und Angelos hatten ihn auch entsprechend entlohnt. Kein Problem für zwei Ermittler, die 300.000 Euro im Keller liegen haben.
Ihr Vertrauen in Banken hielt sich sehr in Grenzen.

Es war endlich dunkel, als der Hubschrauber abhob.

Und Kostas hielt sich exakt an Angelos´ Plan. Er flog in der Dunkelheit einen großen Bogen über das Meer, sodass sich Dimitriadis nicht orientieren konnte. Wahrscheinlich war er in Gedanken ohnehin schon in Dubai und malte sich ein angenehmes Leben aus. Gut: das Geld würde nicht ewig reichen, aber er könnte ja ein Start-up gründen. Sein Vertrauen in seine Fähigkeiten hatten mit der Realität wenig zu tun.

Dann begann Kostas mit seiner Show – er stellte den Motor ab.

Bei Motorausfall stellt der Hubschrauber-Pilot die Rotorblätter auf einen kleinen Anstell-winkel ein. Der Rotor arbeitet dann als „Windmühle". Das heißt: Er wird von der nun von unten kommenden Strömung ange-trieben, die durch die Fallbewegung entsteht, die Autorotation. In Bodennähe wird der Blattanstellwinkel wieder vergrößert und dadurch Auftrieb erzeugt. Wenn der Sinkflug schnell erfolgt ist, erreicht der Rotor so eine sehr hohe Geschwindigkeit und kann normal landen. Ein Manöver, das jeder Pilot lernt – und Kostas beherrschte es perfekt. Für

den Passagier ein Alptraum. Er stürzt nicht nur ab, sondern dreht sich dabei auch noch.
Dimitriadis schrie, aber Kostas tat geschäftig. Er setzte kurz auf einem Landeplatz in Naxos auf und startete den Motor sofort wieder. Als er wieder abgehoben war, schrie er: „Kein Problem. Motorausfall. Scheint aber alles wieder zu funktionieren."
Dimitriadis war immer noch zu gelähmt, um gegen den Weiterflug zu protestieren.
Kostas roch Urin. Der Passagier hatte sich eingenässt. Das würde Angelos gefallen.
Kurz vor dem Ziel gab es noch einige „Turbulenzen" – dann setzte der Hubschrauber am nördlichen Ende des Flughafens auf Mykonos auf.
Dimitriadis hatte keine Ahnung, wo er war, denn der nördliche Teil gehört dem Militär. Kein Insulaner oder Tourist kennt diesen Bereich.
Außerdem hatte Dimitriadis nur eines im Sinn: Raus hier! Übergeben! Was er auch tat. Er blieb neben dem Landeplatz einfach liegen.
Angelos lachte.
„Ich denke, du hast einen Bonus verdient", sagte er zu Kostas.
„Der ist fertig mit der Welt", antwortete er und zeigte auf Dimitriadis.

„Genau da wollten wir ihn haben!"

Nach mehreren Minuten drehte sich Aris um und wurde kreidebleich. Er wähnte sich tatsächlich in Athen.

„Was macht ihr blöden Schwuchteln hier?" Alex und Angelos lachten.

„Schwuchteln machen sich nicht in die Hosen. Scheint eine Art Hetero-Ritual zu sein, oder Alex?"

„Ja. Und es riecht streng. Vielleicht ist hinten auch nicht mehr alles dicht"

Langsam dämmerte es Dimitriadis.

„Wo bin ich?"

„Herzlich willkommen auf Mykonos", sagte Angelos vergnügt.

„Ihr habt mich reingelegt. Ich bringe Kostas um!"

„Das kannst du in frühestens 30 Jahren", meinte Alex.

„Im Übrigen hat Jonas geplaudert. Und Kiriakos auch. Er wurde gestern in Istanbul verhaftet", sagte Angelos.

Was aber nicht stimmte.

„Zeit zum Reden. Dann darfst du auch Duschen!" Dimitriadis hatte sich tatsächlich auch noch in die Hosen gemacht.

Hätte ich auch, dachte Alex, der sich die Qualen beim „Absturz" vorstellen konnte. Er hatte Höhenangst …

Dimitriadis gab sich geschlagen.

Er folgte Angelos in einen der Militärcontainer am Flughafen.

„Woher wusstest du von meinem Bruder?", war für Angelos die wichtigste Frage.

Dimitriadis grinste schwach.

„Das kam von dir selber. Bei deinem Gesundheitscheck war eine der 200 Fragen, ob du einen Zwilling hast. Du hast ,ja' angekreuzt. Und mein Vater hat gejubelt. ,Endlich ein Punkt, mit dem wir diesen arroganten Bastard in der Zukunft ärgern können'. Er hatte bekanntlich Kontakte zur Unterwelt in Saloniki und deinen Zwilling tatsächlich gefunden. Allerdings habt ihr meinen Vater erschossen, bevor er etwas unternehmen konnte. Das habe ich dann getan. Mit größtem Vergnügen!"

Angelos holte aus und schlug Aris so hart ins Gesicht, dass er samt Stuhl hinfiel.

„Das war für die drei Menschen, die du ermordet hast oder ermorden lassen. Sorbas, die Frau des Bürgermeisters und meinen Bruder!"

„Die alte Christeas und dein Bruder wurden von Kiriakos erledigt", sagte Dimitriadis.
„Da sagt Kiriakos etwas anderes. Aber du darfst weiterleben – wenn auch nie mehr in Freiheit. Und jetzt geh da hinten duschen. Du stinkst erbärmlich!", sagte Angelos.

51

„So, mein geliebter Ehemann: jetzt sprechen wir über ein wichtiges Thema", sagte Alex.
Angelos schaute skeptisch.
„Was habe ich denn falsch gemacht? Lief doch alles wie geplant!"
Alex lachte.
„Tu nicht so, als würdest du regelmäßig Standpauken von mir ertragen müssen!"
„Nein. Es ist alles so, wie sein sollte", sagte Angelos. „Ich hoffe, du siehst das genauso!"
Alex legte seine Hand auf Angelos´ Bein.
„Nicht höher, sonst fahre ich in den Graben!"
„So wie du immer fährst, ist es ein Wunder, dass wir noch nie dort gelandet sind!", antwortete Alex.
„Aber genau darum geht es: um unseren ausgefallenen Hochzeitstag. Ich habe mir in Saloniki etwas ausgedacht und auch gleich gebucht, in der Hoffnung, dass es dir gefällt!"
Angelos grinste.
„Sofern Sex im Freien mit dabei ist!"
„Fast. Du fährst wie ein Irrer. Also fliegen wir drei Tage nach Nizza. Dort kannst du einen halben Tag einen Formel-1-Wagen fahren. Zwei Stunden mit Instructor im Zweisitzer, dann alleine."

Angelos machte einen Schlenker und geriet aufs Bankett. Aber er freute sich.

„Super. Das wollte ich schon immer mal! Woher wusstest du das?"

„Zwei Körper, ein Hirn", lautete Alex´ Antwort.

„Aber der Hochzeitstag soll doch auch für dich etwas Schönes bieten. An einer Rennstrecke stehen, macht sicher keinen großen Spaß", meinte Angelos.

„Keine Sorge, mein Geschenk sind drei Tage im 'Negresco', dem besten Hotel der Stadt. Zimmer mit Meeresblick und Sichtschutz, heißt: Sex im Freien!"

EPILOG/PROLOG

„Denn groß fürwahr ist die Gewalt des Meeres" – das Motto der griechischen Marine.

Groß ist vor allem die gähnende Langeweile. Denn zu tun gab es – wie bei den meisten Streitkräften – nicht viel. Ab und zu sichteten sie ein türkisches Patrouillenboot, dem sie dann stundenlang hinterherfuhren. Das war´s Sowohl Michalis als auch Nikos waren Obermaat auf der Fregatte Psara F454, einem der größten Boote der Marine.

Und wie alle Soldaten hatten sie bei der Verpflichtung ganz andere Erwartungen. Action und High tech. Was sie dann kennenlernten, war Ödnis und ein technischer Standard wie im Zweiten Weltkrieg. Mit der Finanzkrise ging es dann weiter bergab. Zahlreiche Fahrten wurden gestrichen – mangels Treibstoff.

Heute war endlich einmal ein Tag, der total anders war als der sonstige Trott.

An Bord der „Psara" fuhren sie bis an das östliche Ende der Ägäis. Zuvor hatte sie der Kapitän zu sich bestellt. Sie sollten auf eine der kleinen Inseln vor der türkischen Küste Patrouille laufen und für Fotos zur Verfügung stehen. Die Bilder würden für eine PR-Aktion der Marine verwendet, außerdem zeige man dem griechischen Volk, dass man diese – vollkommen wertlosen – Inseln niemals den Türken überlassen würde.

An sich klang das mehr als harmlos.

Seltsam waren aber mehrere Dinge: Der Rest der Mannschaft durfte nicht an Deck, angeblich aus Sorge wegen eines türkischen Angriffs. Sie selber mussten die ganze Zeit auf der Brücke warten. Das Übersetzen auf die kleine Insel wurde von Offizieren durchgeführt, eine Tätigkeit, die kein Offizier jemals ausführt – es wäre unter seiner Würde.

Als sie das trostlose Eiland betraten, liefen Obermaat Michalis und Obermaat Nikos auf der Insel umher, natürlich bewaffnet.

Und wie angekündigt, wurden zahlreiche Aufnahmen von ihnen gemacht.

„Ich werde zum Gesicht der Marine", dachte Michalis mit gewissem Stolz.

Nach zwanzig Minuten verließ die „Psara" die Gewässer um die Insel – wie abgesprochen.

Sie würden in einer Stunde abgeholt. Nikos fluchte:

„Was zum Teufel sollen wir eine Stunde hier machen? Die Insel ist 300 Meter lang und 200 Meter breit!"

Michalis wurde sauer.

„Wir werden in jeder Zeitschrift und auf vielen Plakatwänden zu sehen sein. Das macht sich in unserer Akte bestimmt gut! Außerdem: Befehl ist Befehl! Die werden schon wissen, was sie tun."

Nikos brummte, sagte aber nichts mehr. Tatsächlich kam ein Boot, um sie abzuholen, doch zum Erstaunen der beiden Maate war es kein Marineboot, sondern ein vollkommen neutrales Schiff.

Man brachte sie an Bord und schickte sie in zwei Kabinen unter Deck.

„Wann treffen wir die ‚Psara'?", fragte Nikos. Der ältere Mann, der eine schwarze Uniform unbekannter Herkunft trug, lächelte nur.

Nikos und Michalis´ Traum von landesweiter Berühmtheit sollte in Erfüllung gehen. Leider sollten sie selber davon nichts mehr haben. Denn zwölf Stunden später waren sie tot.

Paul Katsitis

Mykonos Crime 8

Erscheint am 31. Mai 2019

Sturm über Mykonos Thýella

Paul Katsitis – Inzest

Ein Bräutigam, der sich am Tag der Hochzeit vom Balkon stürzt und eine Mädchenleiche in einer Wagenpresse. Zwei Fälle für die beiden Ex-Kommissare Alex und Angelos Nikakis Zwei Fälle, die sich nach und nach aufeinander zu bewegen.

Paul Katsitis – Die Bestie von Mykonos

Zwei Kriminalbeamte, Alexandros und Angelos, quittieren den Dienst und eröffnen gemeinsam auf Mykonos eine Bar. Nebenher betreiben sie eine kleine Privat-Detektei. Da die Polizei chronisch unterbesetzt ist, werden Alex und Angelos – wegen ihrer Erfahrung - regelmäßig hinzugezogen.
Mykonos ist in Aufruhr. Offensichtlich foltert, vergewaltigt und tötet ein Mann junge Touristen. Um ihn zu stellen, bleibt nichts anderes übrig, als dass Angelos den Lockvogel spielt – mit furchtbaren Konsequenzen ...

Paul Katsitis – Rache

Im Kloster Ano Mera auf Mykonos wird ein Priester tot aufgefunden, dessen Leiche übel zugerichtet ist. Es sieht nach einem Rachemord aus – doch wofür?

Paul Katsitis – Der-Drei-Sterne-Mord

Im besten Restaurant der Insel wird der Chefkoch, ehemals Leibkoch Gaddafis, mit durchschnittener Kehle aufgefunden. Ein schwieriger Fall für Alex und Angelos, zumal die eigene Familie mit beteiligt ist. Der Fall erfährt eine erstaunliche Wendung, als die beiden Ermittler erfahren, dass der britische Außenminister Mykonos besucht – auf dem Landsitz des griechischen Premierministers.

Paul Katsitis - Tattoo

Zwei Highlights stehen auf dem Programm des Wochenendes: ein hochdotiertes Beachvolleyball-Turnier und die Eröffnung der ersten Spielbank auf der Insel.
Nicht ins Programm passen zwei Tote: ein 19-jähriger Junge und einer der Beachvolleyballspieler. An dessen „natürlichem Tod" haben die Ermittler Alex und Angelos so ihre Zweifel.

Paul Katsitis – Skalpell

Am Strand von Ornos wird eine Frauenleiche gefunden. Es ist die Tochter des Bürgermeisters. Der Leiche fehlen Nieren und Leber.
Doch es geht bei der Mordserie nicht nur um Organe, wie die beiden Ermittler Alexandros und Angelos Nikakis bald feststellen. Es existiert ein komplexes Netzwerk, das verschiedene kriminelle Felder abdeckt, und so mancher Inselbewohner ist darin verstrickt.

> Weitere Mykonos-
> Bücher

MYKONOS LOVE STORY 1
Von Michael MarkAris

Die brennende Gestalt taumelte und fiel mit einem
Zischen zu Boden. Ein letztes Stöhnen und es war
vorbei. Kommissar Paul Pandis steht vor einem Rätsel.
Ein gewöhnlicher Buschbrand entpuppt sich als
Doppelmord.
Doch Pandis hat noch ein Problem:
Er hat sich verliebt. In seinen Kollegen Angelos. Ein
Coming-Out mit 53!
Sein Leben wird zur Achterbahn, aber auch zur
glücklichsten Zeit seines Lebens.

MYKONOS LOVE STORY 2
Das Goldene Ei

High Society wie die Kunstwelt blicken nach Mykonos.
Ein bisher verschollen geglaubtes Zaren-Ei soll auf der
Insel ausgestellt werden.

Ein Sicherheits-Alptraum für Kommissar Paul Pandis.
Dennoch: zumindest keine Mordermittlung.
Zunächst.
Dann wird auf einer Yacht eine weibliche Leiche
gefunden.
Es ist Pandis´ Ex-Frau.
Und die war zuvor wenig begeistert davon, dass
Pandis nun mit einem Mann verheiratet ist.

MYKONOS LOVE STORY 3
Morgenröte über Mykonos

Er lag mit dem Rücken auf etwas und war gefesselt.
Was war hier los?
Ich bin doch nur ein Tourist?
Es muss ein Missverständnis sein.
Er konnte sich nur an einen Schlag erinnern.
Dann das große Nichts. Er hörte Schritte.
Chrysi Avgi, es lebe die Goldene Morgenröte!"
Dann hielt einer der Männer seinen Kopf hoch.
Der Andere rammte ihm zwei dünne, orthodoxe
Gebetskerzen in die Nase.

Kommissar Pandis und die ganze Insel sind fassungslos
angesichts zweier brutaler Morde. Die Spur führt ihn zur
„Goldenen Morgenröte", einer rechten Splitterpartei.
Und für Pandis und seinen jungen Ehemann Angelos
wird es richtig gefährlich, denn als Schwule sind sie
das „Hassobjekt No.1!"

MYKONOS LOVE STORY 4

Mykonos Speed

Gas Gas, Gas!
Der Motor röhrte.
Die Reifen qualmten.
Dann bekamen sie Grip.

Der Ferrari wurde immer schneller.
Passierte das Ortsschild.
Vor ihm der große Kreisverkehr.

Pedal, kein Druck, Erstaunen.
Pedal, kein Druck, Panik.
Dann flog er über das Geländer und krachte in das
Denkmal.
8 Min 42 Sekunden von Ano Mera.
Das war neuer Rekord. Es war sein letzter.

Kommissar Paul Pandis und Ehemann Angelos halten
es zunächst für einen Verkehrsunfall. Das
Unangenehme: Das Opfer ist der Sohn des
Bürgermeisters. Doch der Wagen war gestohlen. Und
es Ist beileibe nicht der erste verschwundene Ferrari
auf der Luxus-Insel.

Und eine weitere schwere Prüfung steht Pandis bevor:
Angelos´ Eltern kommen zu Besuch.

MYKONOS LOVE STORY 5
Rape

Angelos ertappt Paul bei einem vermeintlichen
Seitensprung – ausgerechnet mit seinem Bruder
Christos – und verlässt Paul.
Als sich herausstellt, dass sie Opfer einer Intrige
wurden, wird Angelos´ Bruder tot aufgefunden.

Und Angelos wird als mutmaßlicher Mörder verhaftet.
Ein sehr persönlicher Fall für Kommissar Paul Markaris,
(früher Pandis), in dessen Verlauf er selber zum Opfer
wird – einer Vergewaltigung.

MYKONOS LOVE STORY 6
Der rosa Leopard

Die beiden schwulen Ermittler Alex und Angelos
nehmen die ersten Anzeichen nicht ernst. Doch als
immer mehr Partygäste auf Mykonos Opfer einer
neuen Superdroge werden, kommen sie den
Händlern schnell auf die Spur. Problem: Es sind Libyer
von unvorstellbarer Brutalität.
Zuvor muss das Ehepaar Markaris noch eine weit
schlimmere Klippe meistern: nach einem Einsatz in
Athen - bei einer Geiselnahme -begeht Angelos einen
Seitensprung – mit einer Frau. Das große Glück scheint
vorbei.

MYKONOS LOVE STORY 7

Fortsetzung des „Rosa Leoparden"

RÜCKKEHR DER LEOPARDEN

Noch immer sind Paul und Angelos, die beiden schwulen Ermittler aus Mykonos, hinter den libyschen Drogenhändlern her, die die Insel mit einer neuen Substanz überschwemmen. Und mit Folterdrohungen ganz Mykonos in Angst und Schrecken versetzen.
Doch dann wird Angelos entführt und gefoltert.
Als sich Paul auf die Suche begeben will, geschieht auf Mykonos ein Mord auf einem Kreuzfahrtschiff.
Was hat Priorität für Kommissar Markaris?
Natürlich sein Mann …

MYKONOS LOVE STORY 8
Crash – Absturz!

Beim Landeanflug auf Mykonos zerschellt ein Airbus. Ein Horror für Kommissar Paul Markaris und seinen Ehemann Angelos, denn wie sollen zwei Ermittler und drei Inselpolizisten eine solche Katastrophe bewältigen? Zumal im Laufe der Untersuchungen klar wird: es war kein Unfall.

Auch privat geht es bei den beiden turbulent zu: Angelos stürzt – Verdacht auf Schädel-Hirn-Trauma.

MYKONOS LOVE STORY 9
Der tote Pelikan

Auf Mykonos ist man entsetzt: das Maskottchen der Insel – der Pelikan Petros – wurde massakriert. Als Alex und Angelos, die beiden schwulen Ermittler, den Täter aufspüren, hat dieser sich schon erhängt. Es ist der 17-jährige Enkel des örtlichen Richters, der kurz zuvor Angelos seine Liebe gestand.
Als hätte Paul damit nicht schon genug am Hals: er hat auch noch Geburtstag und wird 54. Aber sein Ehemann, 28, zieht alle Register, um es keinen Trauertag werden zu lassen.

MYKONOS LOVE STORY 10
Photià-Feuer

Vor einem Beachclub findet man den Kopf des Friedhofsgärtners von Mykonos.
Leicht zu transportieren, denkt Kommissar Paul Markaris. Andererseits: wenig zu obduzieren.

Und dieser Mord kommt Markaris äußerst ungelegen. Denn zwei Tage, nachdem er und sein Mann Angelos in ihr gemeinsames Haus eingezogen waren, brannte es ab. Angelos wäre beinahe ums Leben gekommen. Und: es war Brandstiftung!

MYKONOS LOVE STORY 11
Der tote Archäologe

Paul und Angelos verschlägt es bei diesem Fall auf die historische Nachbarinsel Delos. Dort wird ein Archäologe erschlagen aufgefunden. Doch was ist der Grund dafür? Ein spektakulärer Fund? Als sich die Ermittler an die Täter herantasten, wird auch noch Angelos´ Mutter entführt.

JENSEITS VON MYKONOS

von Sven M. Schlick
Es war vorbei.
Seine Füße begannen zu versagen.

Immer wieder Wasser. Salzwasser. Es rann die Speiseröhre hinunter und brannte im Magen.

Sehen konnte er auch nicht mehr viel. Das Salz brannte auch in den Augen.
Er merkte, dass er immer öfter unterging.
Wer hat mich verraten? WER?
Dann kam die Erkenntnis: Es ist egal. Denn Du bist tot.

Kommissar Paul Pandis steht ratlos in einer Kunstgalerie.
Auf einer Skulptur, einem blauen Stier, hängt eine Leiche, der Galeriebesitzer.